Über dieses Buch Vita Sackville-West war eine erfahrene Seereisende. Sie und ihr Mann Harold Nicolson unternahmen in ihren letzten Lebensjahren mehrere Kreuzfahrten in ferne Länder. *Weg ohne Weiser* entstand während ihrer dritten und vierten Kreuzfahrt und enthält zahlreiche reizvolle Einzelbeobachtungen über ein Leben an Bord und die persönlichen Eigenheiten der Autorin, wie beispielsweise ihre Vorliebe, aus der Kabine ein vollgestopftes ›Heim‹ zu machen, und ihre Leidenschaft für die Märkte und Basare in den Anlegehäfen. Anschaulich beschreibt Vita Sackville-West den exotischen Reiz fremder Menschen und ferner Länder, doch geht die Intention des Romans, der als Reisetagebuch angelegt ist, über die Reportage weit hinaus. Ihre Beobachtungen und Reflexionen hat die Autorin einem erfolgreichen Journalisten, Edmund Carr, zugeschrieben, der weiß, daß er von dieser Kreuzfahrt, die nach Ägypten, Indien und zu den Philippinen führt, nicht mehr zurückkehren wird, da eine tödliche Krankheit ihm nur noch wenige Monate Lebenshoffnung läßt. Das Tagebuch, das Edmund führt, reflektiert Lebenshaltungen, Ansprüche, Wünsche und uneingelöste Sehnsüchte vor dem Hintergrund einer exotischen Reise, und es erzählt von der Zuneigung zu Laura, einer Frau von ungewöhnlichem Charme und ungewöhnlichen Qualitäten, die Edmund liebt. Edmunds Tagebuch ist eine Meditation darüber, wie man sein Leben leben sollte, und es ist Vita Sackville-Wests letztes Werk, das in mehr als einer Hinsicht den Charakter eines literarischen Testaments trägt.

Die Autorin Victoria Sackville-West (1882–1962), Vita genannt, war das einzige Kind von Lord Lionel Sackville-West und seiner Frau Lady Victoria. Geboren und aufgewachsen ist sie auf Schloß Knole, das ihrer Familie durch Elizabeth I. verliehen wurde. 1913 heiratete sie den Schriftsteller und Diplomaten Sir Harold Nicolson, lebte mit ihm lange in Persien, später auf Sissinghurst Castle in Kent. Vita Sackville-West gehörte zu dem berühmten »Bloomsbury-Kreis« um Virginia und Leonard Woolf. Sie schrieb zahlreiche Romane. *Als Fischer Taschenbuch lieferbar:* ›Schloß Chevron‹ (Bd. 5880).

Vita Sackville-West

Weg ohne Weiser

Roman

Aus dem Englischen von
Ingeborg Stricker

Fischer Taschenbuch Verlag

Ungekürzte Ausgabe
Veröffentlicht im Fischer Taschenbuch Verlag GmbH,
Frankfurt am Main, September 1987

Umschlaggestaltung: Jan Buchholz / Reni Hinsch
Gesamtherstellung: Clausen & Bosse, Leck
Printed in Germany
980-ISBN-3-596-25048-X

Einleitung

Weg ohne Weiser ist Vita Sackville-Wests letzter Roman. Er spielt an Bord eines Schiffes. Vita war eine erfahrene Seereisende, ursprünglich deshalb, weil es in ihrer Jugend keine andere Möglichkeit für Reisen dieser Art gab, später dann, weil sie schon den bloßen Gedanken an Flugreisen verabscheute. Zum siebzigsten Geburtstag ihres Mannes Harold Nicolson überreichte eine Gruppe seiner Freunde ihm als Geschenk einen beachtlichen Scheck, und er und Vita beschlossen, dieses Geld für eine Luxus-Kreuzfahrt auszugeben. Von da an unternahmen sie bis zu Vitas Tod jeden Winter eine Kreuzfahrt; sechs Reisen waren es insgesamt.

Beide fanden auf diesen Exkursionen Stoffe zu einem Buch; Harold Nicolsons *Reise nach Java* feiert ihre erste Kreuzfahrt und enthält unter anderem ein liebevoll und heiter gezeichnetes Bild von Vitas Lebensgewohnheiten an Bord. Vitas persönliche Eigenheiten – beispielsweise ihre Art, aus der Kabine ein vollgestopftes »Heim« zu machen, ihre Leidenschaft für die Märkte und Basare in den Anlegehäfen und die Wichtigkeit, die sie den Briefen beimaß, die bei jeder Landung auf sie warteten –, das alles findet sich in *Weg ohne Weiser* auch in der Figur der Laura wieder. Lauras Distanziertheit und ihre Fähigkeit, einen Menschen glauben zu machen (ach, nur allzu irrig!), er wäre der einzige, nach dessen Gesellschaft sie sich sehnte, auch das sind Vitas Eigenschaften.

Aber der Roman trägt die Widmung *Für Edie*; und Vita behauptete, Laura sei eine erfundene Gestalt, »abgesehen von gewissen (geistigen, nicht körperlichen) Ähnlichkeiten mit der Edie der Widmung«. Edie Lamont, eine Malerin, lebte unweit von Sissinghurst. Kurz vor der ersten Kreuzfahrt der Nicolsons wurden Vita und sie enge Freundinnen; und in Vitas letzten Lebensjahren war es Edie, die von Vita außerhalb ihrer eigenen Familie am meisten geliebt wurde. Auf der letzten, unglücklichen Reise 1962, als Vita bereits todkrank war (obwohl man ihren Krebs noch nicht diagnostiziert hatte), begleitete Edie Lamont das Ehepaar.

Bevor sie zu ihrer zweiten Kreuzfahrt nach Westindien und Südamerika aufbrachen, hatte Vita an einen Roman gedacht, »den sie auf dem Schiff schreiben könnte«; in ihrem Tagebuch erwähnt sie ihn unter dem Titel *Edmund und das Goldkästchen*. Wirklich sollte *Edmund* die zentrale Figur des Buches werden. Aber im selben Jahr wurde sie an Bord des Schiffs ernstlich krank und konnte nicht arbeiten. Sie sollte nie wieder völlig gesunden.

Man verrät kein Geheimnis des Plots durch die Mitteilung der Tatsache, daß Edmund, Vitas Erzähler, ein Todgeweihter ist, dem der Arzt nur noch wenige Monate Lebenshoffnung gegeben hat –, denn das wird gleich zu Anfang des Romans enthüllt.

Sowohl Vita als auch Harold beschäftigten sich in Gedanken intensiv mit dem Ende des Lebens, ihres eigenen wie auch mit dem des anderen. »Es ist fürchterlich, was für eine wichtige Rolle der Tod für uns zu spielen beginnt«, schrieb Harold an Vita 1959. Aber er bezweifelte nicht, daß »wer auch von beiden zurückbleibt, keiner jemals die Liebe des anderen in Frage stellen oder sich vorwerfen wird, dem anderen seine Zuneigung nicht zum Ausdruck gebracht zu haben... es ist ein kleiner Trost, aber doch ein Trost« – und zwar einer, den Edmund im Roman nicht haben wird.

Die Kreuzfahrt, die den Rahmen der Erzählung bildet,

war ihre dritte. Anfang 1959 fuhren Vita und Harold auf der *Cambodge* nach Port Said, Aden, Bombay, Colombo, Singapur, Saigon, Manila und Yokohama – und von dort zurück nach Marseille, wo sie das Schiff bestiegen hatten. Unterwegs wünschte sich Vita sehnlichst, ihren Roman zu beginnen, aber »ich kann nicht einmal einen Anfang finden«. Es war ein Gespräch mit einer Mitreisenden, Sonia Orwell, das vielleicht zum auslösenden Moment für sie wurde. In ihr Tagebuch schrieb sie: »Nach dem Mittagessen erzählt Sonia Orwell von George Orwell, mit dem sie nur drei Monate verheiratet war; sie sagt, sie hatten beide keine Ahnung, daß er dem Tod so nahe war.« Einige Wochen danach, auf der Rückreise, berichtet Harold ihrem Sohn Nigel, daß »Vita TATSÄCHLICH MIT IHREM ROMAN ANGEFANGEN hat«.

Er entwickelte sich, notiert sie in ihrem Tagebuch, »in eine Richtung, die ich gar nicht beabsichtigt hatte«. Ihr eigener körperlicher Verfall spielte dabei mit. Als sie, wieder in Sissinghurst, an dem Buch weiterarbeitete, fühlte sie sich isoliert und niedergeschlagen – »ich kann kein Ende dieser Krankheit erkennen« –, und der Roman wurde zu einer Quelle für ihre ganz persönlichen Ansichten über Leben, Liebe, Sexualität und Arbeit. Auf der nächsten gemeinsamen Kreuzfahrt, auf dem Weg nach Südafrika, schloß sie den Roman dann endlich ab. Er erschien im Frühjahr 1961, als sie schon wieder unterwegs waren, diesmal auf einem Schiff nach Südamerika. Es ist selten, daß zwischen der Entstehung eines Romans und dem Milieu, in dem er spielt, ein so enger Zusammenhang besteht.

Das Lokalkolorit eines Lebens an Bord kommt natürlich unmittelbar aus eigener Beobachtung und Erfahrung. Harold sagt, daß er und Vita sich auf der Fahrt »distanziert, aber höflich« benahmen. Tatsächlich verbrachte

Vita einen großen Teil des Tages arbeitend in ihrer Kabine; sie erschien zu den Mahlzeiten und am Abend. So wie Edmund im Roman, liebte Vita es, an Inseln vorüberzufahren, die in der Ferne lagen und niemals angesteuert wurden; wie Edmund und Laura sahen sie und Harold gemeinsam den Sonnenauf- und -untergängen und den Stürmen zu; wie Edmund machten sie spitze Bemerkungen über allzu gewichtige Passagiere, die ihr alterndes Fleisch tagsüber der sengenden Sonne aussetzten und nachts an der Bar abstützten.

Der hinreißende Ort, halb orientalisch, halb spanisch, an dem Edmund und Laura einander näherkommen, scheint seinen Ursprung in Macao zu haben, dem Anlegeplatz, der Vita auf der Reise von 1959 am besten gefiel. »Ich glaube nicht, daß H. und ich je zwei glücklichere Tage verbracht haben.« Ihre einer Freundin gegebene Beschreibung des »nilgrünen Hauses unter Banyanbäumen und Tamarinden, das über den Schwarm der Fischerboote nach China hinüberblickt« ähnelt der Schilderung im Roman sehr. Auch, daß sie die zerstörte Barockkirche – die Sankt-Paul-Basilika? – auf dem Hügel im Roman erwähnt, scheint diese Deutung zu unterstützen; auch wenn Macao natürlich portugiesisch und nicht wie im Roman spanisch ist.

Reisetagebuch und Reportage, so lebendig sie auch sein mögen, bilden jedoch nur die Oberfläche des Romans – der in Wirklichkeit eine durch Edmunds Tagebuch vermittelte Meditation ist, darüber, wie man sein Leben leben soll. Er überdenkt alle seine Wertvorstellungen neu: »Ich habe das Gefühl, in mehr als einer Hinsicht zu schwimmen.« Eine Kiste Bücher hat er mitgebracht; das Tagebuch ist voll von eingestreuten Zitaten aus Poesie und Prosa, Fundstellen sind nicht angegeben. Ihre Zuordnung – sie reichen von Thomas Wyatt bis zu Thomas Browne und Jeremy Taylor und noch weiter bis zu

G. Lowes Dickinson – ist Teil des Vergnügens und zugleich der Frustration, die der Roman für den nicht nur oberflächlichen Leser bietet.
Als Geschöpf seiner Autorin ist Edmund nicht völlig überzeugend. Er ist ein Mann von bescheidener Herkunft, der, weil er Leitartikel für ein Blatt schreibt, mit dem offensichtlich die Times gemeint ist, zum Meinungsmacher geworden ist. Er ist ein Mensch, den Politik fasziniert, und er ist der Verfasser eines berühmten Buches mit dem Titel *Einige Überlegungen zu den ethnischen Problemen des Mittleren Orients*.
Und trotzdem sollen wir an einen Umstand glauben, der, berücksichtigt man seine Stellung und alles das, was er im Leben erreicht hat, beinahe unmöglich ist: nämlich daß er noch nie über die Küsten Englands hinausgekommen ist. So unwahrscheinlich das auch sein mag, die Bedeutung liegt darin, daß Edmund sich nie zuvor in die Tiefen des Gefühls oder der Selbstbetrachtung gewagt hat. Erst angesichts des Todes und Lauras entdeckt er Bedürfnisse und Gefühle, die er sich bislang niemals eingestanden hat.
In seinen Gesprächen mit Laura treten dann auch die eigentlichen Themen des Buches hervor. Besonders die Liebe. Bevor er sich so heftig in Laura verliebte, hat Edmund die geschlechtliche Liebe – als »monotone Wiederholung« schnell vergessen – abgewertet. Er hat keine Erfahrung in der partnerschaftlichen Liebe; und er versichert Laura, zur Eifersucht gar nicht fähig zu sein.
Zu einem späteren Zeitpunkt diskutieren sie über die Ehe. Jeder, der etwas von Vitas und Harolds Theorien über diese Institution kennt, wird darin Lauras Erfolgsrezept wiedererkennen: gegenseitigen Respekt und beiderseitige Unabhängigkeit, getrennte Schlafzimmer und gemeinsame Wertmaßstäbe. Laura erkennt die Kraft einer langjährigen Ehe in einer Weise an, die Vitas oft geäußerte Gefühle widerspiegelt: »Es gibt doch nichts Schöneres auf der

Welt als die Vereinigung zweier Menschen, deren Liebe zueinander sich mit den Jahren vom kleinen Samenkorn der Leidenschaft zu einem großen, festverwurzelten Baum auswächst, der allen Stürmen des Lebens standhält, und in dessen vollem Geäst jedes einzelne Blatt seine besondere Bedeutung hat...«

Damit bekräftigt die Autorin ihre eigenen Eheerfahrungen, und zwar mit Dankbarkeit. Aber sie hat den Mut, weiter zu forschen. Laura, die »vollkommene Frau«, spricht später auch über die elektrisierende Erfahrung, verliebt zu sein: »In dieser Zeit gibt es nur das Eine. *Parce que c'était lui; parce que c'était moi*«, sagt sie und zitiert damit eine Formulierung Montaignes, die Violet Trefusis und Vita viele Jahre zuvor wie einen Zauberspruch wiederholt hatten.

Laura beschreibt eine alles umfassende Liebe, die sexuelle und partnerschaftliche Liebe in derselben Person vereint, etwas, das der Autorin aufgrund ihrer Doppelnatur nie zuteil geworden war. Wenn sie je eine solche, alles umfassende Liebe erlebte, meint Laura, »wäre ich absolut treu und ich erwarte die gleiche Treue von meinem Partner«.

Der Roman trägt schwer an der Last des »wenn nur« von Vitas geteiltem Leben, ihrer geteilten Liebe. Weil sie und Harold eben so waren, wie sie waren, blieb diese alles umfassende, unteilbare Hingabe eine Kostbarkeit, die ihr versagt war. Sie begreift diesen Zustand am Ende ihres Lebens als Ideal, auf eine Weise, die sie früher abgelehnt hätte und zu der sie nicht fähig gewesen wäre.

Der Roman berührt auch andere Themen, die für sie von größter Bedeutung waren – das Erregende und die Enttäuschungen des Schreibens etwa und, in ihrer Prosa zum ersten und zugleich letzten Mal, die Liebe zwischen Frauen. Dieses Thema wird nur indirekt angesprochen, indem Laura, anscheinend vom Hörensagen, über die lesbische Liebe berichtet. Das Einverständnis zwischen Frauen, die einander lieben, so hat sie gehört, kann »sich der Vollkommenheit nähern« und wird nur durch Eifersucht entstellt. Die lesbische Liebende fürchtet stets, daß »das Natürliche«, nämlich die heterosexuelle Anziehung, am Ende doch den Sieg davonträgt. Eifersucht ist jedoch, wie auch Edmund herausfindet, Teil des Absolutheitsanspruches jeder leidenschaftlichen Liebe, und zwar bei allen Menschen.

Weg ohne Weiser ist kein großer Roman. Die dritte Hauptperson, Oberst Dalrymple, ist eine ziemlich konventionelle Figur. Die Einstellung gegenüber Juden, »Eingeborenen« und die Bewertung gesellschaftlicher Umgangsformen enthüllen die Beschränkungen und Orthodoxien, die Vitas Klasse und Generation ihr auferlegten. Man kann auch keinen Augenblick daran glauben, daß Edmunds Herkunft wirklich der hier behaupteten entspricht; und um der Ironie des Plots Genüge zu tun, wird er in einer Frage von entscheidender Wichtigkeit auch noch als ganz besonders begriffsstutzig dargestellt.

Eindrucksvoller ist der klare, einfache und logische Aufbau des Buches, der den Diskurs mit Leichtigkeit trägt. Die Themen selbst sind bedeutend und allgemeingültig. Vita Sackville-West wollte immer einen aufrichtigen Roman über die Ehe schreiben; und nie zuvor hatte sie ein Prosawerk veröffentlicht, das sich so unmittelbar mit dem befaßte, was ihre eigene Ehe möglich gemacht und ihr zugleich geschadet hat: ihre sexuelle und emotionale Kompliziertheit. In *Weg ohne Weiser* ist sie an diese beiden Themen am weitesten herangekommen. Das Buch zeigt ihren angeborenen Ernst, macht ihre Stärken und ihre Schwächen als Künstlerin – für sie qualvoll – deutlich. Es ist ein bewegendes und originelles Buch: ihr literarisches Testament.

Victoria Glendinning
London, 1984

Deutsch von Verena C. Harksen

Für Edie

Nun sind wir schon seit drei Wochen auf See. Es war eine ganz verrückte Idee von mir, Laura einfach zu folgen; aber bei dem Gedanken, daß ich sie dann zwei Monate lang – vielleicht mehr, vielleicht auch weniger – jeden Tag sehen könnte, zögerte ich nicht einen Augenblick; es war die Lösung.

Sie zeigte sich nicht überrascht, als sie mir zum ersten Mal an Deck begegnete, aber sie verrät ja nie, was sie empfindet. Groß und schlank, in grauen Hosen und weißem Hemd, kam sie gelassen auf mich zu, zog nur leicht die Augenbrauen hoch und begrüßte mich mit ihrem gewohnten reizenden Lächeln: »Ach – Edmund! Sie haben mir ja gar nicht gesagt, daß ich die Freude Ihrer Gesellschaft haben würde. Wie weit fahren Sie denn mit?«

»Die ganze Fahrt.«

»Auch zurück?«

»Zurück vielleicht nicht...«

Jede andere Frau hätte nun weiter nach meinen Plänen gefragt, wenn auch nur aus höflichem Interesse. Aber das ist nicht ihre Art. Es ist manchmal geradezu verblüffend, wie sie ein Thema fallen läßt – oder will sie, die selber so zurückhaltend ist, nur die Zurückhaltung anderer respektieren? Wie schon so oft, stellte ich wieder einmal fest, daß sie das Kunststück fertigbringt, dabei nicht im geringsten gleichgültig zu erscheinen. Zudringliche Neugierde ist ihr fremd. Dabei wußte ich genau, wäre ich bereit gewesen, eingehender über meine Pläne zu sprechen, dann hätte sie mir ihre ernsten Augen zugewandt, und ich hätte eine aufmerksame Zuhörerin in ihr gefunden. Denn sie besitzt mehr als jede andere Frau jenen elementaren weiblichen Charme, einen glauben zu lassen (ach, wie trügerisch), man sei der einzige Mensch, auf dessen Gesellschaft sie Wert lege. Das war wohl auch die Erklärung dafür, daß sie, ohne es zu wollen, so viele Menschen zu vertraulichen Gesprächen und Geständnissen anzog, unbeabsichtigt, wie ein Magnet Eisenspäne anzieht.

*

Im Reisebüro, als ich meine Passage buchte, müssen sie mich für ungewöhnlich gleichgültig gehalten haben. Selbst jetzt weiß ich noch kaum, welche Häfen wir anlaufen werden.

Es ist ein seltsames Leben so auf See. Da treiben wir auf dem Meere, eine Gemeinschaft von einigen Fünfzig Passagieren, einzig durch die kleinen alltäglichen Ereignisse miteinander verbunden – »Haben Sie heute früh die wasserspeienden Walfische gesehen?« – sonst weiß man gar nichts voneinander, in den meisten Fällen nicht einmal den Namen, geschweige denn etwas über Herkommen und Schicksal. Wie üblich, bilden sich kleine Gruppen: die jungen Leute tanzen, die älteren schließen sich zu Schach- oder Bridgefreundschaften zusammen. Ich selbst bemühe mich kaum, alle auseinander zu halten, sondern merke mir nur, wem ich aus dem Wege gehen möchte. Da ist die alleinstehende, Anschluß suchende Engländerin, in der ich sogleich eine drohende Gefahr witterte – ich, als einzelner Mann, wäre die gegebene Beute für sie. Sie sieht nicht schlecht aus, ist sorgfältig zurechtgemacht und verbirgt ihre Geistesarmut und den zweifellosen Hunger ihres Herzens hinter einem manierierten Strahlen, wie etwa ein mittelmäßiger Dichter seine Verse dadurch interessanter zu machen sucht, daß er sie in Form eines Weinglases anordnet, oder wie ein mittelmäßiger Konditor seine Kuchen mit rosa Zuckerrosen aufputzt. Dann ist da noch das peinlich verliebte deutsche Ehepaar, das trotz seines vorgerückten Alters offenbar die Hände nicht voneinander lassen kann. Und weiß der Himmel, da ist genug zu betätscheln: diese Fettpolster, dieses schwellende Fleisch, das immer noch etwas Verlockendes zu haben scheint. Er läßt seine kleinen Schweinsäuglein lüstern über ihre üppigen sonnengeröteten Oberschenkel wandern, die die knappsten und kürzesten aller Shorts den Blicken freigeben.

Le dégout de la chair...

Und dann die drei massigen Levantinerinnen, die ihre Köpfe beim Klatschen immer so dicht zusammenstekken, daß es aussieht, als müßten sich ihre Nasen ineinander verhaken.

»Für manche Leute ist es wahrhaftig ein Glück, daß sie hinter ihren Gesichtern leben dürfen«, sage ich zu Laura.

Sie macht mir Vorwürfe wegen meiner Unduldsamkeit und ahnt nicht, daß sie es ja ist, die meine Ansprüche bestimmt, daß sie der Maßstab ist, den ich anlege.

Sie unterhält sich gern mit den Leuten, oder besser gesagt, die Leute unterhalten sich gern mit ihr; denn ich kann mir nicht vorstellen, daß sie je Bekanntschaften suchte. Oft finde ich sie in Gesellschaft von Menschen, die so gar nicht zu ihr passen, Menschen, von denen ich niemals geglaubt hätte, daß Laura auch nur das geringste Interesse an ihnen nehmen könnte – vertrockneten alten Jungfern, vorlauten jungen Angebern. Es ist nicht schwer, an Bord Bekanntschaften zu machen – aber wie kommt es, daß die Dinge, die man ihr anvertraut, so schnell ganz ins Persönliche gehen? Denn sie hat ganze Biographien unserer Mitreisenden auf Lager, mit denen sie mich unterhält.

»Sehen Sie das vornehme grauhaarige Paar da drüben? Die beiden machen aus einem ganz verdrehten Grund eine Weltreise: um sich darüber auszusprechen, ob sie sich scheiden lassen sollen oder nicht.«
»Das scheint mir eine etwas kostspielige Art, miteinander ins reine zu kommen – billiger wäre es doch, sich zu Haus zusammenzusetzen und alles durchzupauken. Aber woher wissen Sie das?«
»Von ihnen selbst. Erst erzählte sie es mir, und dann erzählte er es mir auch noch.«
»Erstaunlich, etwas Derartiges einem Fremden anzuvertrauen.«
»Ach, das kam schon in den ersten fünf Minuten. Aber ist es denn erstaunlicher als das, was die Leute einem im Eisenbahnabteil erzählen? Zum Beispiel, daß ihre Ehemänner sie schlagen oder daß ihr Sohn wegen Scheckfälschung im Gefängnis sitzt.«
»Mir erzählen die Leute so etwas nie, Laura. Sie müssen sie doch wohl mit Blicken dazu ermuntern.«
»Nein, bestimmt nicht. Wenn ich auch nicht leugnen will, daß mich das interessiert. Es ist fast, wie wenn man Fische im Aquarium beobachtet, diese Mannigfaltigkeit meine ich – man wäre genau so wenig imstande, sich so vielerlei verschiedene Situationen auszudenken, wie man imstande wäre, so viele Arten Fische zu ersinnen. Denken Sie nur an das phantastische Seepferdchen oder an das winzige Geschöpf mit einer ganzen Reihe von Neonlichtern auf dem Rücken oder an das wie mit Rüschen besetzte kleine Ding, das aussieht, als bestände es ganz aus beigefarbenem Chiffon.«
Wie dem auch sei – fest steht, daß Laura die Gabe hat, die Menschen unwillkürlich zum Sprechen zu bringen. Ich warf ihr vor, daß sie nicht aufrichtig sei, denn wenn sie auch behauptet, sie sei interessiert, so ist sie es doch nur auf eine sehr unpersönliche Weise.

»Die Leute ahnen nicht, daß Sie nur Typen in ihnen sehen. Sie sollten Romane schreiben – Sie haben das sachliche Interesse eines Romanschriftstellers.«

»Doch nicht ganz«, sagte sie. »Allerdings habe ich keine Geduld mit den Verwöhnten, den Wehleidigen und den Untüchtigen – da habe ich nur den Wunsch, sie wachzurütteln. Weit lieber höre ich jemandem zu wie etwa meinem Kabinen-Steward.«

»Erzählen Sie mir von Ihrem Kabinen-Steward.«

»Ach, er ist in einem italienischen Bergdorf zu Hause, wo er eine schwindsüchtige Frau hat, die er liebt, und drei schwindsüchtige Kinder. Jedesmal, ehe das Schiff von neuem auf Fahrt geht, hat er eine Woche Urlaub – das ist dreimal im Jahr. Und wenn er nach Hause kommt, weiß er nie, wie viele von seiner Familie er noch lebend vorfindet. In den fünf Jahren, die er auf diesem Schiff ist, hat er nicht ein einziges Mal Zeit gehabt, in den Häfen an Land zu gehen – es gibt immer zu viel zu tun an Bord. Sein Tag beginnt um sechs Uhr und endet um zehn, und wenn er mit den Kabinen fertig ist, muß er noch im Speisesaal helfen. Oh, was für ein Leben, Edmund! Immer und ewig nur die Essensreste von anderen Leuten wegräumen, ihre Aschenbecher leeren und ihre Betten machen. Die Blumen und der Sekt, die er hineinzubringen hat, sind ja mehr wert, als sein gesamter Lohn ausmacht. All das erzählte er mir wie selbstverständlich, ohne im geringsten zu klagen, und als ich versuchte, mein Mitgefühl zu zeigen, sagte er nur, so sei das Leben nun einmal.«

Ich empfinde es geradezu als Ironie, daß ich der einzige Mensch bin, der sich Laura niemals anvertrauen wird.

*

Es gibt glückliche Stunden, in denen ich ruhig werde und mich in mein Schicksal füge. Laura und ich gingen auf

einer Insel an Land, wo die Industrie noch unbekannt ist und die Natur es zuläßt, daß die Eingeborenen sich mit den Früchten der Erde und den Fischen des Meeres begnügen und sich nicht in lärmenden Fabriken abmühen im Wettkampf um Wohlstand. Mit welcher Verachtung hätte ich in meinen Grub-Street-Tagen auf diese Menschen herabgesehen! Meine Wertbegriffe sind ganz ins Gegenteil umgeschlagen. Kann es sein, daß mir noch Zeit bleibt, Weisheit zu erlangen?
Ob es nun die Ursache oder die Auswirkung ihrer unbekümmerten Lebensweise ist, kann ich nicht sagen, jedenfalls erschien meinen unerfahrenen Augen die physische Schönheit und Anmut dieser Inselbewohner wie nicht von dieser Welt. Die Zivilisation hatte die goldene Haut der jungen Männer noch nicht beschmutzt, und die Frauen glichen in ihren weichen, vielfarbigen Gewändern wandelnden Blumen. Und Männer wie Frauen wirkten gleichermaßen, in jeder Haltung, in jeder Geste, wie ausgebildete Tänzer. Ich dachte an die Hauptverkehrszeiten auf Londoner Bahnhöfen; an diese Horden in bespritzten Regenmänteln, die den Vorortzügen entströmen, abspringen, ehe der Zug noch hält, losrennen und sich durch die Menge hindurchwinden, um schneller voranzukommen, an die abgespannten Gesichter, die schäbigen Aktenmappen, das Stoßen und Schieben beim Einsteigen in die Untergrundbahn, an die Menschenschlangen, die im Nieselregen auf den Bus warten: »Besetzt«!... Gegen diesen brodelnden Hexenkessel erschien mir diese Insel wie ein lyrisches Gedicht.

*

Ein englischer Freund, ein freiwillig in dieses Paradies Verbannter, nahm Laura und mich in seinem Wagen mit. Er fuhr uns meilenweit den einsamen Strand entlang, wo farblose kleine Krabben über den weißen Sand eilten. Ich hatte Laura noch nie so kindlich froh erlebt, und noch nie hatte ich mich ihr so nahe gefühlt. Zum ersten Mal erkannte ich, wie sehr doch unser Bild von einem Menschen von den jeweiligen Umständen abhängt, unter denen wir ihm begegnen, und ich sagte mir, daß wir ihn vielleicht niemals im letzten verstehen können. Wenn man sich zum Beispiel vorstellt, man wäre nicht auf seine Augen und Ohren angewiesen, sondern mit noch anderen Sinnesorganen ausgestattet und könnte sich, wie gewisse Vögel und Insekten, auf andere geheimnisvolle Weise verständigen, dann würden die Menschen vielleicht noch ganz anders als bisher auf einen wirken – so anders, wie ein Grashalm auf eine winzige Fliege wirkt als auf mich. Heißt es nicht, wenn wir unsern hölzernen Tisch nur richtig sehen könnten, dann würden wir anstelle der festen Form nichts als eine Anhäufung von lauter durch ständige Bewegung beeinflußten Hohlräumen erblicken? Aber abgesehen von verrückten Phantastereien, was weiß ich denn von Laura? Nicht einmal ihr Alter – 35, schätze ich. Unsere Bekanntschaft besteht seit einem Jahr und beschränkt sich auf Londoner Salons, einen gelegentlichen Besuch in ihrer eigenen Wohnung, immer in Gegenwart anderer, und auf einen glücklichen Tag in Kew. Ich kenne die äußeren Umstände ihres Lebens: sie ist Witwe, wird sehr umworben, bleibt aber, soviel ich weiß, gleichgültig gegenüber der Verehrung, die sie erweckt. Hat sie einen heimlichen Liebhaber? Wenn ja, hält sie es sehr geheim, aber das wäre bei ihr auch gar nicht anders zu erwarten. (Ich darf diesen Gedanken gar nicht groß werden lassen in mir.) Im übrigen sind wir immer sehr gut miteinander ausgekommen, o ja, sehr gut. Ich glaube, ich kann sagen, daß sie mich ganz gern hat, jedenfalls begrüßt sie mich immer, als freute sie sich, mich zu sehen, und einmal auf einer Gesellschaft in London sagte sie, als sie sah, daß sie bei Tisch den Platz neben mir hatte,

sehr herzlich: ›Ach – das ist aber nett, Edmund!‹, und ich glaube, sie meinte das ehrlich.
Unser Freund parkte den Wagen am Wegrand und führte uns einen schmalen Fußpfad entlang durch dichten Urwald. Das Gefühl, Tausende von Meilen von unserer gewohnten Umgebung entfernt zu sein, beschwingte mich. Ich war es gewöhnt, Laura nur in London zu sehen, und es war etwas ganz Neues für mich, wie leichtfüßig sie sich auf diesem holprigen Pfad bewegte und jede Hilfe zurückwies. Lachend meinte sie, sie sei ja schließlich in den Mooren von Cumberland aufgewachsen. Werde ich nach und nach immer mehr Einzelheiten von ihrem Leben erfahren? Der Pfad führte auf und ab, bis wir schließlich zu einer offenen, schilfgedeckten Hütte auf einer Lichtung kamen. Dort kauerten vier Männer um einen Dreifuß mit Holzkohlenfeuer, die braunen Körper nackt, bis auf ein Lendentuch. Sie bearbeiteten Schildkrötenpanzer, die sie gegen ihren harten Fußballen stemmten, während sie daran herumschnitzten, kratzten und feilten, mit einer in einem langen Leben erworbenen Geschicklichkeit – offenbar eine altüberlieferte Kunst, die äußerste Handfertigkeit erfordert und niemals durch Maschinen zu ersetzen wäre. Sie nahmen keine Notiz von uns, blickten nicht einmal auf, sondern fuhren fort, an ihren Stücken zu arbeiten und die entsprechenden Werkzeuge von der Feuerschale auszuwählen, um das Schildpatt in die gewünschte Form zu biegen. Sie formten es und fügten es so glatt zusammen, daß die Ansatzstelle nicht zu bemerken war; dann polierten sie mit Kreide und Sandpapier, bis das rauhe Material den bekannten braunen vollendeten Seidenglanz bekam.
»Also arbeiten manche doch für ihren Lebensunterhalt«, sagte ich.
»Ja, aber sie arbeiten nicht mehr, als sie für einen Tagesunterhalt verdienen müssen. Dann legen sie die Arbeit hin und gehen nach Hause.«

»Kein Ehrgeiz? Keine Gedanken an die Zukunft?«
»Nicht im geringsten.«
Früher wäre ich vermutlich empört darüber gewesen. Heute war ich belustigt und entzückt. Und als unsere Blicke sich begegneten, merkte ich, daß Laura genau so empfand.
Ein Raunen ging durch die Bäume, nicht mehr als ein leises Rascheln zuerst, das zu einem Rauschen anschwoll: ein Tropenregen stürzte prasselnd auf die Palmen und die breiten Bananenblätter nieder, bildete reißende kleine Bäche und brachte Erfrischung und einen Duft nach feuchtem Grün und durchtränkter Erde. An den Blättern strahlten die Tropfen in winzigen Regenbogen. Seit Jahren nicht mehr hatte ich solche innere Ruhe und Zufriedenheit verspürt.
Der Regen hörte so plötzlich auf, wie er eingesetzt hatte, und wir schlenderten weiter; feucht und warm schlug uns das Gras um die Knöchel. Laura sagte: »Wenn man sich vorstellt, daß diese Zigarettenetuis, diese Toilettengegenstände, diese Brieföffner einmal in Aspreys Schaufenster in der Bond Street landen...«
»Es ist eigentlich sehr grausam«, bemerkte unser Freund leichthin, als ob es etwas Selbstverständliches wäre, »sie berauben die lebende Schildkröte gewaltsam ihres Panzers und werfen die arme Kreatur dann wund ins Meer zurück, im Vertrauen darauf, daß sie das schon überleben wird und daß ihr zu ihrem Schutz gnädig ein neuer Panzer wächst.«
»Geschieht das denn?«
»In hundert Fällen vielleicht einmal.«

Muß man denn immer ernüchtert werden, wenn man einmal beschwingter Stimmung ist?

*

Illusion ist alles! Kann es sein, daß ich, der Realist, diese Worte schreibe? Aber wie freundlich verwandelt der Nebel eine häßliche Aussicht. Dort an der Küste jenseits der Bucht, am Fuße des Gebirges, erhebt sich eine unwirkliche Stadt; diese schimmernden Bastionen umschließen das Schloß eines Kreuzfahrers, und von jenen hohen Türmen flattern die schwarzen Wimpel der sarazenischen Verteidiger. Sagt doch nicht, daß die Bastionen galvanisierte Ölbehälter seien und die Türme Fabrikschornsteine, die schmutzige Rauchwolken ausstoßen. Ich will das gar nicht wissen.

Sagt mir auch nicht, daß Laura niemals im üblichen Sinne des Wortes mein sein kann. Ich trage es, ich habe mich damit abgefunden, aber es ist doch nicht nötig, sich das dauernd vorzuhalten. Ich gebe mich lieber der Illusion hin, daß ich ihr in diesen letzten Wochen meines Lebens nähergekommen bin, als wenn sie Nacht für Nacht in meinen Armen gelegen hätte. Es gab eine Zeit, da ich Frauen liebte und einfach nahm, wonach ich verlangte und was sie mir willig gaben. Aber selbst damals scheint mir, nistete heimlich ein Wurm in den Schlupfwinkeln meiner Seele, so daß mir alles schal ward und ich es abtat mit einem Achselzucken: »Also das wars. Wieder eine Episode beendet.«
Eine recht traurige und heikle Philosophie (wie ich glaube, nicht ohne Feinheit) ist das Resultat meiner früheren Unbefriedigtheit – wenn es auch gut sein kann, daß ich mir, weil ich Unerfüllbares begehrte, einredete, auch die erreichbaren Wünsche blieben besser unerfüllt. Es liegt ein gewisser Reiz in freiwilligem Verzicht. Und so behaupte ich, daß man physischer Leidenschaft am besten entsagt und sie ungestillt der Phantasie überläßt. Denn was ist schon die Wirklichkeit? Nichts bleibt von ihr. Jener tierische Trieb, der nun einmal sein Recht fordert und

der uns im Dunkel zusammenschleudert, dieser kümmerliche Ausweg, den die äußerst witzige Natur uns weist als Heilmittel gegen unsere Einsamkeit, jene vergängliche Gemeinschaft, von der wir uns einreden, sie sei eine geistige, während sie in Wirklichkeit nur eine körperliche ist – hat doch nicht einmal in der Erinnerung Bestand. Wohl gibt es Augenblicke, die uns so vollkommen erscheinen, daß wir uns aneinanderklammern und stammeln: »Das dürfen wir nie vergessen... das werden wir nie vergessen...« aber wir vergessen es doch. Einförmig sich wiederholend, gehen alle sinnlichen Freuden ineinander über, und wenn der Impuls abgeklungen ist – nach einem Jahr, fünf Jahren, zehn Jahren? –, wird jedes Erinnern unmöglich. Graue Asche nach dem Feuer...

Vielleicht besteht das Ideal im Erleben einer einzigen, vollkommenen Nacht – nie wiederholt –, so daß es sich dem Gedächtnis einprägt, so klar wie der Anblick eines griechischen Tempels gegen die aufgehende Sonne. Ohne Verwischen der Einzelheiten, ohne schmerzliche Abschwächung.

Fülle die Schale bis zum Rand,
Und du wirst wünschen, du hättest rechtzeitig
  innegehalten;
Schmiede das Schwert so scharf wie möglich,
Und du wirst sehen, daß es bald stumpf wird.

Ich sagte etwas darüber zu Laura; es ergab sich ganz von selbst, ich glaube, durch ein Buch, das wir beide gelesen hatten.

»Wie widerspruchsvoll und überspitzt«, meinte sie. »Ist das nun Zynismus oder Idealismus? Aber haben Sie nicht nur eine Seite der Liebe bedacht? Haben Sie nicht die Kameradschaft ganz außer acht gelassen?«

»Vielleicht habe ich nie das Glück gehabt, sie zu erleben...«

Wieder diese frappierende Eigentümlichkeit von ihr, daß sie gar nicht weiter auf das Thema einging. Meine Antwort mußte doch etwas Interesse in ihr hervorrufen... So blieb ich im unklaren, welche Erfahrungen sie selbst gemacht hatte: hatte sie ihren Mann geliebt und mit ihm alles verloren? Ich kann nicht glauben, daß sie so kühl und unpersönlich ist, wie sie sich gibt. Wie bringt sie es fertig, so unnahbar und dabei doch so anziehend zu sein? Werde ich ihr Vertrauen erringen, ohne daß ich selbst mich ihr anvertraue? Und wie würde sich das auf jenes seltsame Gefühl der Nähe auswirken, das ich ein mystisches Band nennen würde, wenn mir solche Verstiegenheit läge. Zum Glück habe ich täglich eine lebendige Warnung vor Augen in Gestalt einer gewissen Miss Corcoran, die bereits angedeutet hat, daß sie Taoistin sei, und die ebenso entschlossen zu sein scheint, ihre Auffassung von den verborgenen Weisheiten des Fernen Ostens weiterzugeben, wie ich, sie daran zu hindern.

*

Mit unseren Reisegenossen komme ich eigentlich wenig in Berührung, aber vielleicht liegt es daran, daß ich nicht mehr ein so guter Gesellschafter bin, wie ich es früher war, als mein Beruf mich dazu zwang. Und seit wir uns alle zum ersten Mal zu einer Rettungsboot-Übung versammelten, zu Karikaturen entstellt im vollen Schmuck unserer unförmigen orangefarbenen Brustpanzer mit den weißen Bändern (bestimmt weit weniger würdevoll als Pizarros Reiter gegen die Pfeile der Inkas ausgepolstert waren), kann ich meine Mitmenschen nur noch als komische Figuren betrachten. Was ist nur über mich gekommen? Es ist, als ob ich plötzlich Röntgen-Augen bekommen hätte und von den Menschen nur noch ihr Inneres wahrnehmen könnte: ich sehe die Windungen der Einge-

weide, den Sack des Magens, den Blasebalg der Lungen, das geschäftige Herz, die arbeitende Blase... Und ich werde mir der furchtbaren Abhängigkeit vom Körper bewußt, von irgendeinem gewöhnlichen Organ, das die ganze Lebensauffassung eines Menschen verwandeln kann. Wenn ich an stürmischen Tagen auf das Zwischendeck hinunterschaue, denke ich mir, daß es diesen jämmerlichen zusammengekauerten Gestalten, grün im Gesicht und bar jeder Rücksicht auf Anstand, sehr gleichgültig ist, ob sie oder ihre Lieben sterben. Dabei bin ich mir darüber klar, daß ich selber unter Folterqualen meine Liebste auch verraten würde – wenn ich eine hätte.
Menschen, die nicht über sich selbst hinaussehen, halten Gesundheit für zum Leben gehörend und hadern mit ihrer körperlichen Konstitution wegen ihres Krankseins; ich aber, der ich die Körperteile des Menschen studiert habe und weiß, an welchem zarten Fädchen das ganze Gefüge hängt, wundere mich nur, daß wir nicht alle so sind. Und wenn ich an die tausend Türen denke, die zum Tode führen, danke ich Gott, daß wir nur einmal sterben können.
Allerlei Scherze flogen bei der Rettungsübung hin und her. Große Heiterkeit verursachte der Kampf, den die umfangreiche deutsche Dame mit der Schwimmweste in Kindergröße auszufechten hatte, die ihr versehentlich verpaßt worden war. Wir waren uns alle noch fremd, und dies schien eine gute Gelegenheit, miteinander bekannt zu werden, etwa wie ein Maskenball, auf dem man ohne weiteres völlig Fremde ansprechen darf.
Die Späße kreisten vor allem darum, daß man sich vielleicht noch einmal in gleicher Ausstaffierung versammeln müßte, aber im Ernst. Man nahm es als selbstverständlich, daß es niemals nötig sein würde, diese ziemlich lächerlichen Vorbeugungsmaßnahmen in die Praxis umzusetzen. »Nun kommt bloß nicht wieder mit dem Unsinn

›Frauen und Kinder zuerst!‹«, sagte ein langer Oberst und starrte in gespielter Angst um sich. »Wieviel Tage braucht es wohl im offenen Boot, bis man darangeht, den Jüngsten zu verspeisen?« fragte jemand den Deck-Steward, der diesen Witz verdrießlich hinnahm – er hatte das alles schon mal gehört. Jemand fing an zu singen:

On tira à la courte paille
Pour savoir qui, qui, qui serait mangé...

Le sort tomba sur le plus jeune...
Le sort tomba sur le plus jeune...

Ce s'ra donc lui qui, qui sera mangé,
Ce s'ra donc lui qui, qui sera mangé...

Wenn jetzt Passagiere, die beim Anlegen in weiteren Häfen zugestiegen waren, durch die Sirene zusammengerufen wurden, um in Gruppen das Umbinden der Schwimmwesten zu üben, dann liegen wir ›Alten‹ in unseren Liegestühlen an Deck und gucken ihnen zu, ganz wie wir in unserer Schulzeit die Neuankömmlinge zu Semesterbeginn spöttisch beobachteten.

*

Es ist immer unterhaltsam, wenn ein Schub neuer Passagiere an Bord kommt. Von der überlegenen Höhe des Oberdecks blickt man hinunter auf den Kai, der von Menschen wimmelt; die eingeborenen Träger und Europäer sind genau zu unterscheiden von der müßigen Menge der Schaulustigen, die gekommen sind, um das Schiff anzugaffen, weil sie nichts Besseres zu tun haben. Welch ein Gemisch von Lauten und Farben! Und dann der Ansturm, wenn die Gangway heruntergelassen wird; jeder will der erste sein, obwohl gar kein Grund für solche

Eile ersichtlich ist. Frauen zögern und drängen noch einmal zurück, überzeugt, daß ihr Gepäck verloren ist; Männer fangen an, mit den Beamten in den weißen Leinenhosen zu verhandeln. Die Auswanderer, die sich mit ihren armseligen Bündeln abschleppen, werden zu einer zweiten Gangway, ziemlich am Heck verwiesen; wie eine verängstigte Herde laufen sie hin und her. Ein großer schwarzbärtiger Mann mit rotem Turban hält ein in blauen Musselin gehülltes kleines Mädchen an sich gepreßt. Ein buddhistischer Priester mit glattrasiertem Kopf und safrangelbem Mönchsgewand stolpert über ein Tau und schlägt lang hin. Ein verirrtes Kind stößt ein jämmerliches Geheul aus. Ist es möglich, dieses bunte Durcheinander von Menschen überhaupt auseinanderzuhalten? Es ist wie ein Querschnitt von allem in der Welt.
Die großen Schuppen der Lagerhäuser dahinter speien ihre Ballen und Kisten aus, die von riesigen Haken, die an den Kränen baumeln, aufgenommen und angehoben werden und emporschweben, um dann in der gähnenden Luke des Schiffsladeraumes niedergelassen zu werden. Ich muß immer wieder die peinliche Genauigkeit dieser Maschinen bewundern: diese Feinheit, vereint mit solcher Kraft, und alles beherrscht von einem einzigen Mann in einer winzigen Kabine. Das sind Augenblicke, in denen man den Hut abnehmen muß vor der Erfindungsgabe des Menschenhirns. Diese gehorsamen Riesenspielzeuge, die ebenso eine 5-Tonnen-Last heben können wie ein Auto, das sie durch die Luft schwenken, als wäre es nur aus Blech, und das da oben so albern aussieht wie jedes Ding, das seiner eigentlichen Fortbewegungsmöglichkeit beraubt ist.
Zum Kai hinunter winden sich schwarzgegliederte Riesenschlangen, die das Schiff mit Öl versorgen, und ich denke an die ungeheuren Öl-Konzerne, die die Welt um-

spannen, und an die Überreste der zahllosen Urtiere, die durch die Erfindungsgabe des Menschen auf diese seltsame Art nutzbar gemacht werden.
Und hinter allem ragt, wie eine Kulisse, der mächtige Berg empor. Stumpf und gedankenlos, hat er allein durch seine schroffen Steilhänge das Vordringen der Menschenstadt vereitelt; die Stadt muß sich auf den flachen Küstenstreifen beschränken. Dennoch hat auch hier der Mensch seinen gemeinen Sieg errungen: eine Seilbahn befördert die Touristen in kleinen Kabinen zum Gipfel, wo sie Panorama-Postkarten kaufen und Coca-Cola trinken.
Das Schiff verunreinigt und schändet unterdessen die See mit Abfällen, schwimmenden Apfelsinenschalen, durchweichten Pappschachteln, tanzenden Flaschen und altem Brot. Die Möwen schießen herab und schreien laut über diese großzügigen Spenden.
Dann kommt die Abfahrt. Lautsprecher mahnen alle Besucher, an Land zu gehen. Flatternde bunte Papierschlangen verbinden das Schiff noch leicht mit dem Land und Menschenherz mit Menschenherz, bis sie zerreißen, wenn das Schiff sich langsam von seinem Ankerplatz löst und dem offenen Meer zustrebt, um seine Reise fortzusetzen. Winkt Lebewohl! Wer weiß, wie viele von euch sich jemals wiedersehen?
Durch den Regenbogen aus bunten Papierschlangen kann ich eine Frau erkennen, die zurückgeblieben ist und weint.

*

Im Speisesaal sitze ich mit drei Herren zusammen an einem Tisch; Laura ein Stückchen weiter bei einem Ehepaar und dessen Tochter. Ich kann sie beobachten, ohne daß sie es merkt, und das macht mir Freude. Wie in einem Film, kann ich die Anmut ihrer Bewegungen in mich aufnehmen: wenn sie ein Glas Wein an die Lippen setzt, sich

mit einer Bemerkung an einen ihrer Nachbarn wendet, oder mit ihren schlanken Händen eine Zigarette aus ihrem Etui nimmt. Ich habe nie sehr auf die Garderobe von Frauen geachtet, aber ich habe den Eindruck, daß Laura tagsüber immer in Grau und Weiß geht, worin sie kühl und frisch wirkt, während die anderen rot und verschwitzt aussehen in dieser Tropenhitze. Abends trägt sie ruhige, satte Farben, dunkelrot, olivgrün, nachtblau, und stets ganz weich fließende Stoffe. Ich wagte, ihr etwas darüber zu sagen, und sie lachte über mein unbeholfenes Kompliment und meinte, ich sollte lieber Modeberichte schreiben statt der politischen Leitartikel.
Der lange Oberst, dessen Name Dalrymple ist, scheint ein netter Kerl zu sein. Er, Laura und ich und eine Chinesin, die unwahrscheinlicherweise Mme. Merveille heißt, haben uns zum Bridge zusammengetan und vertreiben uns nach dem Essen etwa eine Stunde auf diese Weise die Zeit, während andere an Deck tanzen. Der Oberst, der nicht allzu aufreizend chauvinistisch ist, versucht manchmal, mit mir über Politik zu reden: er sagt, er hätte regelmäßig meine Artikel gelesen, und es ist ganz reizend, wenn er seine Rede immer ehrerbietig einleitet:
»Es kommt mir nicht zu, Ihnen etwas sagen zu wollen«... und dann fortfährt, indem er mir genau erzählt, wie er sich denkt, daß ein bestimmtes aktuelles Problem unserer Innen- oder Außenpolitik angepackt werden müßte. Er ist durchaus nicht dumm oder schlecht unterrichtet, ein wenig von sich eingenommen vielleicht, und so rechtsstehend wie nur möglich; aber ich mag ihn und gebe mir Mühe, ihn nicht zu ärgern, indem ich Ansichten äußere, die ihn nur in Verlegenheit setzen würden. Überdies will ich mich auch gar nicht in eine Diskussion verwickeln lassen. Ich bemerke mit Freuden, wie völlig die Weltprobleme, die mich einmal, bis auf eine gelegentliche Entspannung durch Poesie oder Musik, so ausschließlich

beschäftigten, an Interesse für mich verloren haben, so sehr, daß sie mir nur noch Langeweile und Widerwillen einflößen. Offenbar treibt mich ein Instinkt, diese letzten Wochen meines Lebens gierig mit schöneren Dingen anzufüllen, für die ich niemals Zeit hatte, und damit einer Neigung nachzugeben, die unterdrückt immer in mir vorhanden war. Oder hat vielleicht Lauras unbewußter Einfluß sie hervorgerufen?
Dennoch bin ich mir heute darüber klar, daß mich das Problem des menschlichen Verlangens nach Macht – Macht ganz groß geschrieben – von jeher gefesselt hat. Und ich glaube, daß ich als Leitartikler einer der führenden Zeitungen unseres Landes der gleichen Besessenheit unterlag. Der Gedanke, daß ernst zu nehmende Männer am Frühstückstisch die großen Blätter aufschlugen und aufmerksam lasen, was ich über Nacht getippt hatte, gewährte mir Genugtuung, besonders in kritischen Zeiten. ›Mal sehen, was Carr zu sagen hat...‹
Wenn meine Beiträge auch anonym erschienen, so war der Name ihres Verfassers doch ein offenes Geheimnis. O ja, ich hatte Einfluß, und ich darf wohl sagen, daß ich ihn gewissenhaft ausübte, niemals Stimmungen ausnutzte und häufig einen Standpunkt vertrat, von dem ich wußte, daß er Anstoß erregen würde. Ich hatte schon frühzeitig meine Lektion gelernt: wenn man es nur wagt, herausfordernd genug zu sein, erwirbt man sich schließlich Hochachtung, weil man Zivilcourage beweist. ›Ich kann nicht behaupten, daß ich heute mit Carr einig bin, aber wenigstens scheut er sich nie, seine Meinung zu sagen.‹
Mein Chefredakteur ließ mich oft kommen:
»Das hier werden sie aber gar nicht gern hören, Carr.«
»Tut mir leid, sie werden es schlucken müssen.«
»Na gut – wenn Sie meinen.«

Das war eine Macht, die ihre kleineren und größeren Vorteile mit sich brachte. Ich verkehrte in Kreisen, aus denen ich als Mann aus dem Volke sonst nie eine Einladung hätte erwarten können. Charmante Frauen bemühten sich um mich, und maßgebende Männer fragten mich nach meiner Ansicht. Ich glaube nicht, daß ich mehr von einem Snob an mir habe als die meisten Leute, vielleicht sogar weniger, und ich kann ehrlich sagen, daß ich meine Aufnahme in diese Gesellschaft deshalb so hoch einschätzte, weil das für meine Arbeit und meinen Beruf wertvoll war. Ich kam dadurch in die Lage, zwanglos mit Leuten aus politisch einflußreichen Familien zu verkehren. Ich lebte Politik, atmete Politik, träumte Politik. Meine Liebesverhältnisse, die ich streng getrennt davon hielt, waren nur die Zerstreuungen eines normalen, gesunden Mannes. Immer und immer wieder wurde mir nahegelegt, mich für einen Sitz im Parlament aufstellen zu lassen, aber ich hatte mir selbst eine Position geschaffen und fand, zu Recht oder Unrecht, und nicht ohne gewissen Dünkel, daß diese exponierte Stellung mir mehr entsprach als das Untertauchen in einem Parteihaufen.
Mein alter Vater hatte seinen Spaß an meinen vielen gesellschaftlichen Verpflichtungen, von denen er eine übertriebene Vorstellung hatte. Immer, wenn ich zu Besuch zu meinen Eltern kam, in das bescheidene Häuschen auf dem Lande, das sie auf keinen Fall verlassen wollten – obwohl ich es gut hätte darstellen können, ihnen ein behaglicheres Heim zu schaffen –, sagte er: »Na, hast du wieder mal mit dem Premier-Minister einen gehoben, Ed?«

*

Macht. Der Wunsch zu führen, das Verlangen zu befehlen. War ich ehrlich, wenn ich mir sagte, daß Ehrungen und Anerkennungen mich gleichgültig ließen und allein die edle Absicht mich beseelte, meinem Lande und der Welt meine Fähigkeiten zu widmen? Natürlich war ich nicht ehrlich. Es gefiel mir, Edmund Carr zu sein, und einen Namen in Europa und auch jenseits des Atlantik zu haben. Ist dabei etwas, dessen man sich schämen müßte? Schon zu Zeiten der Höhlenbewohner müssen einzelne nach der Macht in ihrem Stamm gestrebt haben. Ehrgeiz, so alt wie die Menschheit, die uralte Schwäche der Starken.

Ich merke jetzt, an wie vielem ich in meiner Großspurigkeit vorüberging. Überheblich wie ein Pharisäer, betrachtete ich alle, deren Leben sich auf einer weniger nüchternen Ebene abspielte, als Träumer. Einwendungen, daß der ›Naturschönheit‹ Schaden zugefügt würde, erfüllten mich mit kalter Verachtung, denn ich glaubte an den Fortschritt und konnte durchaus kein Bedauern aufbringen, wenn ein See eingedämmt wurde, um sein Wasser für eine Industriestadt in Mittelengland nutzbar zu machen. Und so war es mit allem. Mein Glaubensbekenntnis bestand in einem krassen Materialismus, der für mich ein Gebot des Fortschritts war; wenn jemand mir mit selbstlosen Motiven kam, erregte das nicht nur meinen Argwohn, sondern meinen Spott. Und wie stehe ich heute da? So gefühlvoll und empfindlich wie eine alte Jungfer, die mit Wasserfarben Sonnenuntergänge pinselt. Einst bildete ich mir ein, ich sei ein reifer Mann; jetzt merke ich, daß ich herrlich jung und töricht bin. Als ein neuer Carr, der liebt, was der alte verachtete, und der obendrein an erster Liebe krankt, will ich mein Maß an Schönem, ehe ich abtreten muß. Um unsere geographische Position kümmere ich mich nicht, ich weiß kaum, wo ich bin. Das Meer hat keine Wegweiser.

Ist es möglich, daß ich zu der Anschauung der chinesischen Weisen gekommen bin?
Das Gute suchen – nicht in Reichtum, nicht in Macht, nicht in mannigfaltiger Betätigung, sondern in einer geschulten, einer sorgfältig bedachten, feinen Würdigung der ganz einfachen, allumfassenden Beziehungen des Lebens. Tief empfinden, und um zu empfinden, ausdrücken oder wenigstens verstehen die Äußerungen alles dessen, was lieblich ist in der Natur, alles dessen, was heftig und empfindsam ist im Menschen... Eine Rose in einem mondhellen Garten, der Schatten der Bäume auf dem Rasen, Mandelblüten, Kieferndufť, der Becher Wein und die Gitarre – all dieses und die Erschütterungen von Leben und Tod, die innige Umarmung, die vergeblich ausgestreckte Hand, der Augenblick, der mit seiner Fülle von Musik und Licht auf ewig in das Dunkel und die Stille der spukhaften Vergangenheit versinkt – alles, was wir haben, alles entgleitet uns, wie ein Vogel entfliegt, wie ein Duft im Windeshauch entweicht...

Welche Freude haben wir daran, wie diese anspruchslosen Menschen hier ihrem Tagewerk nachgehen: eine Kette nackter brauner Fischer zieht ihre Netze an Land, ein Mann pflügt mit Ochsen, eine Frau schreitet mit einem irdenen Krug auf dem Kopf. Ihr nach oben fassender Arm formt in seiner Beuge den Henkel des Kruges. Für uns, die wir vorübereilen, sind sie wie ein Sinnbild der Anmut, während für sie das Leben, ohne daß es ihnen bewußt wird, Tag um Tag in Einförmigkeit verläuft. Kämen wir in einem Jahr wieder, so würden wir sie immer noch in der gleichen Haltung finden, als wäre die Zeit auch nicht um eine Stunde weitergerückt.

*

Die junge Mondgöttin liegt heute nacht in ihrer Gondel auf dem Rücken, wie es ihre Gewohnheit ist in den Tropen, und wie es, meine ich, einer Jungfrau gut steht, wenn es auch nicht schicklich für sie ist. Kein Stern, der nicht herunterschießen und die Einladung, ihr Liebhaber zu werden, annehmen möchte!
Wenn alle Mitreisenden sich endgültig zurückgezogen haben, um schlafen zu gehen, stehle ich mich wieder auf das verlassene Deck, schlüpfe in das Schwimmbassin und lasse mich tragen ... Dann bin ich nicht mehr, wofür mich die Leute halten, ein Journalist mittleren Alters, der seinen Urlaub auf einem Übersee-Dampfer verlebt, sondern ein befreites Wesen, das in einen Zauberquell getaucht ist – ein Endymion, jung und stark, mit einem Gott zum Vater und einer Ahnung von der Welt, die ihm vom Olymp eingegeben wurde. Alle Schwere ist von meinen Gliedern genommen, ich bin eins mit der Nacht, und erfasse den Sinn des Pantheismus. Wie meine Freunde lachen würden, wenn sie wüßten, daß ich dazu gekommen bin! Alle gewöhnlichen Schwächen habe ich, wie ich glaube, abgelegt, ich kenne keinen Neid mehr, keinen Ehrgeiz, keine Bosheit, noch den Wunsch, über meinen Nächsten zu triumphieren, und ich genieße diese Läuterung, genau so wie ich die reine Wollust der warmen Brise auf meiner Haut genieße und das kühle Wasser, das mich trägt. So, stelle ich mir vor, muß sich der Fromme gereinigt fühlen, wenn er den Beichtstuhl nach Erteilung der Absolution verläßt.

Manchmal lehnen Laura und ich uns über die Heck-Reling – das ist höchstes Glück. Sei es bei Tage, wenn wir auf das Meer schauen, auf die Wellen mit den weißen Schaumköpfen, oder, wenn gar keine Wellen sind, auf das ruhige, glänzende Blau, das nur dort, wo unser Schiff die Oberfläche aufgerührt hat, weiß durchzogen ist – oder bei Nacht, wenn der Himmel bestimmt noch schwärzer

ist als jemals in der Heimat und die Sterne goldener. Mir fällt ein Satz aus dem Tagebuch eines einfachen Soldaten ein: ›Die Sterne waren wie kleine Schnitte in der schwarzen Decke, durch welche ein strahlendes Darüber zu sehen war.‹ Manchmal haben diese ungeübten Schreiber doch eine glückliche Hand.
Das Radio teilte uns heute mit, daß über ganz England dichter Nebel liegt.

Manchmal fahren wir an der Küste entlang, an jähen Steilufern aus grauem Kalkstein, die senkrecht aus dem Meer emporragen, oder an flachen, dürren Küstenstreifen, Meilen um Meilen nichts als weißer Sand, ausgelaugt und unfruchtbar, ohne jedes Anzeichen menschlicher Behausungen. Die Küsten erinnern mich an Menschen: entweder sind sie abweisend und unzugänglich, oder aber sie geben keine Rätsel auf und zeigen alles, was sie zu bieten haben, auf den ersten flüchtigen Blick; man hat das Gefühl, das Land bleibt flach und ohne besondere Konturen, wie weit man auch landeinwärts vordringen mag. Mir sind die schroffen Kliffs am liebsten, hinter denen Bergketten sich erheben, die der Phantasie Spielraum lassen, Gipfel, die nur von einem ganz Verwegenen zu erklimmen sind. Was für Hochgebirgs-Pflanzen wachsen unberührt auf diesen Felsenspitzen und in diesen Tälern? So lasse ich wohl auch meine Vorstellungen um die Tiefen von Lauras Wesen kreisen, das nach außen hin so herbe ist und doch solche Schätze an Zartheit birgt, wie seltene, empfindliche Blumen, deren Entdeckung dem Wagemutigen vorbehalten ist.
Meine Mitreisenden teilen meine Begeisterung offenbar nicht. »Eine öde Küste!«, sagt ein Australier in seinem gedehnten Dialekt. »Da sehnt man sich aber nach einem bißchen Grün.«

*

Die Dunkelheit bricht herein, und dann ist da nichts mehr als der regelmäßig wiederkehrende Schein des Leuchtturmes auf einem einsamen Felsvorsprung.
Gegen Sonnenuntergang umschiffen wir solch ein Kap, den östlichsten Punkt eines Kontinents, aufregend hoch und einsam, einen großartigen, purpurroten Berg, gekrönt von einer großartigen purpurroten Wolke. Das Meer hatte ein dazu passendes dunkles Lavendelblau angenommen. Hochoben in der Ferne drehte sich das gelbe Licht, stetig, warnend; ich fragte mich, was für ein Sterblicher es wohl bediente, hier an einer der einsamsten, unwirtlichsten Stellen der Erde, umheimlich dazu, denn viele Wracks hatten sich in früherer Zeit, als noch kein Leuchtfeuer die Schiffe sicher leitete, auf den Felsenriffen angesammelt.
Der Oberst gesellte sich zu uns.
»Wie würde Ihnen der Posten dieses Mannes gefallen?« sagte er.
»Ich denke doch, er wird von Zeit zu Zeit abgelöst?«
»Im Gegenteil, er weigert sich, überhaupt dort wegzugehen. Er ist Italiener und lebt schon seit vielen Jahren dort, mit einer Eingeborenen als einziger Gesellschaft. Die meisten würden ihn für verrückt halten, aber ich muß sagen, mir tut der Gedanke geradezu wohl, daß es immer noch ein paar solche wunderlichen Käuze auf der Welt gibt.«
Das ist so eine der unvermuteten Bemerkungen, derentwegen ich den Oberst gern habe; er hat einen Anflug von rauher Poesie. Und die nicht alltäglichen Kenntnisse, die er hin und wieder so unaufdringlich weitergibt, schätze ich auch; er ist viel gereist und hat Augen und Ohren offengehalten. So habe ich entdeckt, daß er eine ganze Menge über Seevögel weiß; er unterrichtet mich genau über die verschiedenen Möwenarten und erklärt mir eingehend, warum das dort unmöglich ein Albatros sein

kann, nicht in diesen Gewässern. Der Albatros folgt einem Schiff offenbar nur bis zu gewissen Breiten und kehrt dann wieder um: er weiß, wie weit er sich wagen darf. Wie weise ist der Albatros! Wir könnten alle von ihm lernen – daß auch wir die Grenzen kennen, die uns gesteckt sind. So weit nur, und nicht weiter kann ich Laura folgen... Ich vermute, daß der sonst nicht allzu geistvolle Oberst noch eine Menge solcher interessanter Geschichten auf Lager hat. Laura mag ihn ebenfalls; und wenn ich sie auch lieber für mich allein habe, so bin ich doch nicht böse, wenn er heranschlendert und sich als Dritter zu uns gesellt.

In dieser friedvollen Meereseinsamkeit erspähen wir nur selten einmal ein anderes Schiff; die lustigen Delphine und die zappligen Fliegenden Fische haben das unendliche Rund ganz für sich, ›die Fliegenden Fische, die etwas von Vögeln an sich haben‹, und die zweifellos froh sind, das Ungeheuer wieder entschwinden zu sehen, das uns in Sichtweite brachte. Die Spur unseres Kielwassers schließt sich wieder, und es ist, als ob wir nie dagewesen wären. Hin und wieder erscheint eine Insel am Horizont, ohne Namen für uns und voller Geheimnisse, die höchste Spitze eines unter Wasser befindlichen Gebirges – einsam, unberührt, unerreichbar. Liebt man Inseln so, weil man sie sich unbewußt aneignet, ein kleines, leicht zu lenkendes eigenes Reich in einer großen, nicht zu lenkenden Welt? Ich kann nicht sagen, warum mich ein so wunderliches Gefühl überkommt bei dem Gedanken, daß diese Insel schon immer dort war (falls sie nicht etwa nur das Werk einer geduldigen Koralle ist) und immer noch dort sein wird, sollte ich einmal zurückkehren. Es ist das gleiche Gefühl, das mich beim Betrachten einer Photographie von irgendeinem Flußtal im Innern Chinas durchfuhr, auf der ich einen Felsblock sah und dachte: wäre ich jetzt an diesen Ort versetzt, dann könnte ich diesen besonderen

Felsbrocken in seiner Realität anfassen... Er ist dort. Für mich. Ich könnte auf eben diesem Felsblock sitzen... Ich drücke mich schlecht aus, und es ist auch ein Gefühl, von dem ich kaum erwarten könnte, daß irgend jemand außer Laura es verstünde; aber solche nicht in Worte zu fassenden Spitzfindigkeiten gehören nun einmal zu unseren geheimen Gedanken.
Ja, die Inseln. Ich unterhalte mich damit, mir das Leben auf ihnen auszumalen, und es macht mir Spaß festzustellen, daß meine Vorstellungen immer auf das Idyllische hinauslaufen. Das ist der neue Edmund Carr – ein vollkommen anderer. Wenn wir ein kleines Boot erblikken, das in den flachen Küstengewässern segelt, folgc ich in Gedanken dem Fischer, wie er sein Fahrzeug in der kleinen Bucht an Land zieht und einen Schrei wie ein Seevogel ausstößt, um sein Kommen anzukündigen. Seine Frau kommt ihm entgegen; sie sind beide jung, und ihre Haut ist goldbraun; sie nimmt ihm den Fang ab. In ihrer Schilfhütte gibt es nichts als Gesundheit und Liebe.
Eines Nachts fuhren wir an zwei Inseln vorüber, die sich in steilen Buckeln gegen den schwachen Widerschein des Mondes abzeichneten, und auf jeder der Inseln, hoch oben, leuchtete ein gleichmäßiges gelbes Licht.
»Das sind keine Leuchttürme«, sagte ich zu Laura »– Dörfer.« Wir blickten angespannt hinüber, während das Schiff vorbeiglitt und die Bergkuppen wieder ins Dunkel zurücktraten. Auch die Lichter wurden von der Schulter eines Hügels verdeckt und nicht wieder sichtbar für uns. Wie friedlich war das und verschwiegen, so in sich abgeschlossen...
Einer der Schiffsoffiziere, der gerade dienstfrei war, trat zu uns.
»Ja«, sagte er und folgte unseren Blicken. »Die eine Insel ist eine Lepra-Station und die andere eine Strafkolonie.«

Mein Gott, gibt es denn kein Entrinnen von Leid und Sünde?

*

Laura und ich machen uns einen Spaß daraus, das grüne Aufleuchten abzupassen, das in dem Augenblick erscheint, in dem die Sonne unter dem Horizont verschwindet. Es ist nicht alle Tage zu sehen, sondern nur, wenn der Himmel ganz wolkenlos ist, und es scheint, daß die Wolken sich mit Vorliebe auf der Bahn der untergehenden Sonne versammeln; wenn unser Spiel aber glückt, freuen wir uns wie die Kinder und Laura klatscht in die Hände. Eine Sekunde nur währt dieser grüne Lichtstreifen; wir lauern schon auf ihn, während der rote Ball, wie von einem Messer halbiert, seinem täglichen Untergang entgegensinkt. Dann kommt die Zwielicht-Färbung von Meer und Himmel (wir haben herausgefunden, daß die Behauptung, in diesen Breiten breche die Dunkelheit plötzlich herein, nicht zutrifft, jedenfalls nicht über dem Meer): das Weinrot der Wasserfläche geht allmählich in ein Aquamarin über, und der Himmel ist eine Palette von zartem Rosa und Blau. Der grüne Streifen aber ist unsere ganze Wonne.

»Crème de menthe«, sagt Laura.

»Jade«, sage ich.

»Smaragd«, sagt Laura, »Jade ist zu undurchsichtig.«

»Ein giftiges Grün«, sage ich, um nicht überboten zu werden.

»Sie verlieren sich immer in der Freude an Worten, Edmund. Sagen wir grün wie die Eifersucht, und damit gut.«

»Was Eifersucht ist, habe ich nie erfahren...«

Dabei tut es mir leid, wenn die Sonne weggeht, denn zu dem Angenehmen, das ich jetzt erst entdeckt habe, gehört auch das wohlige Gefühl ihrer Wärme auf meiner Haut.

Zu Haus in London nahm ich nie Notiz vom Wetter, wenn nicht gerade dichter Nebel oder Regen es ausgesprochen ungemütlich machten. Niemals kam ich in Versuchung, eine kleine Urlaubsreise in den Süden zu machen, und ich hatte wenig Verständnis dafür, wenn die Leute von Sonnenlicht auf weißen Mauern schwärmten. Nun hat mich die Trägheit des Südens gefangengenommen. Ich sehe es gern, wenn dunkelhäutige Männer herumsitzen und nichts tun. Ich liebe den Tritt bloßer Füße auf dem Sand, so lautlos, als wenn eine Katze vorüberhuscht. Ich finde es schön, aus dem Schatten eines Hauses um die Ecke zu biegen in das volle, glühendheiße, blendende Licht eines freien Platzes. Ich lege meine Hand auf ein Metallgeländer und ziehe sie, weil ich mich verbrannt habe, schnell wieder zurück. Aber ich gehe nur selten an Land.

Nie hätte ich geglaubt, daß es so schön sein könnte, Tag für Tag auf See zu sein. Es sind zwar nur wenig Häfen, die wir anlaufen, aber jedesmal stört es mich. Ich wünschte, daß dieses bloße Dasein über alle Berechnung hinaus andauerte. In der Schiffsbibliothek steht ein großer Globus, dessen Hauptaufgabe für mein Gefühl darin besteht, die Größenverhältnisse der Ozeane zu veranschaulichen. Der Pazifische Ozean allein stellt alle Kontinente zusammen in den Schatten. Blau, die Farbe des Friedens ... Und wie liebe ich all die kleinen Geräusche auf dem Schiff: das leise Knarren, mir vertraut wie dem Reiter das Knirschen des Sattelleders, wenn er über den weichen Boden reitet, das Klatschen eines Taues, das Zischen einer unvermuteten Spritzwelle. Zwei Sturmtage haben mich angeregt. Vor allem aber liebe ich diese langen Tage ohne Plan und Ziel, in denen alles von mir abfällt, was ich früher gewesen bin.

*

Als jene Tür in der Harley Street sich hinter mir schloß und ich, zum Tode verurteilt, fortging, überlegte ich ganz gelassen, wie ich das, was mir von meinem Leben noch blieb, am besten einteilen sollte. Ich weiß noch, wie ich dann im St. James' Park saß und zwei turtelnde Tauben sich zu meinen Füßen putzten und plusterten. Das war der merkwürdigste Nachmittag, den ich je erlebte. Ich wußte nun mit Sicherheit, daß ich jeden Augenblick tot umfallen könnte, und daß mich, solange ich noch atmete, dieses geheime Wissen nie mehr verlassen würde – geheim, denn mein erster Entschluß war, keiner Menschenseele etwas davon zu sagen. Allerdings hatte ich auch niemand, zu dem ich darüber sprechen konnte; meine Eltern waren tot, ich besaß keine engeren Freunde, und es gab keine Frau in meinem Leben, seit ich Laura kennengelernt hatte. Andere will ich bemitleiden – ich selbst will kein Mitleid. Früher einmal, als mich eine Viper gebissen hatte, war ich, erstickend, um Atem ringend, jedoch bei klarem Verstand und nicht geschwächt durch längere Krankheit, fest davon überzeugt (nicht unbegründet, wie man mir später versicherte), daß ich innerhalb weniger Minuten aufhören würde zu sein. Ausgelöscht wie ein Licht... Bis heute weiß ich noch, wie klar meine Gedanken waren, ein Gemisch von Bedauern und Neugierde – Bedauern um ein Leben, das es gut mit mir gemeint hatte, Neugierde darauf, ob ich in die Vernichtung eingehen würde oder in irgendein unvorstellbares Weiterleben. Als Agnostiker glaubte ich nicht an die Unsterblichkeit; es würde interessant sein zu erfahren, ob ich recht oder unrecht hatte. Und das war wirklich alles. Keine Angst, wahrhaftig, ich hatte keine Angst. Und als ich nun im St. James' Park saß, die gleiche Aussicht vor Augen (mit dem einzigen Unterschied, daß sie vielleicht nicht so drohend nahe war), und gezwungen, die in jedem Fall vorhandene Gewißheit zu überdenken, da hatte ich wiederum keine Angst. Ärgerlich war ich und dachte, wie schade, aber in meinem Innern überwog das Erstaunen darüber, wie wir normalerweise in unserm Optimismus das Bild des Todes von uns fernhalten. Daß er kommt, wissen wir, aber wir tun, als ob das Wie und Wann uns nichts anginge. Unser eigener Tod scheint uns stets in sicherer Ferne... Und nun saß ich hier und grübelte – nicht über den Tod durch Unfall in Friedenszeiten oder durch Gewalt im Kriege, da selbst der Soldat glaubt, daß nicht er, sondern sein Nebenmann getroffen wird – sondern über den Tod, meinen Tod, der mir durch ein bloßes Versagen im Körper unmittelbar bevorstand. Es hieß, sachlich bleiben. Ich mußte überlegen, wie ich mit dieser Situation fertig würde. Sollte ich mich von der Zeitung zurückziehen oder meine Arbeit bis zum Ende weitermachen? In jenem Augenblick überkam mich, wie eine plötzliche Eingebung, das Verlangen, mit all dem Schluß zu machen und mich dem Genuß hinzugeben, die Welt nun einmal von einer ganz anderen Seite kennenzulernen. »Im Verzicht auf die Welt und das weltliche Glück habe ich das wahre Glück, Ruhe, Gesundheit und sogar Reichtum gefunden; ich werde gewahr, daß derjenige, der das Spiel aufgibt, der Gewinner ist.« Nun, auf Gesundheit konnte ich nicht hoffen, und was den Reichtum angeht, so hatte ich für meine Bedürfnisse genug verdient, und ich besaß keinen Menschen, der auf mich angewiesen war.

*

Es traf sich, daß ich an jenem Abend zum Essen eingeladen war und daß die Unterhaltung auf Euthanasie kam. Man brachte die üblichen Argumente vor: »sehr gefährlich... habgierige Erben – aber dagegen gibt es doch Sicherungen, die Einwilligung des Patienten, das Gutachten von zwei, oder wenn Sie wollen, drei Ärzten – Ärzte können sich irren – wunderwirkende Kuren... wunderbare Fortschritte in Medizin und Chirurgie...« Und dann machte eine Dame den unvermeidlichen Einwurf: »Wie ist es denn bei Tieren? Ein Tier würde man doch nicht so leiden lassen, nicht wahr? Warum also einen Menschen!« Und ein Geistlicher fragte: »Und wie steht es um die unsterbliche Seele?!« Ein anderer wieder kam mit dem alten Witz von dem Dienstmädchen, das die Tür öffnet und anmeldet: ›Der Herr Euthanasist ist da!‹ und meinte, wie einem da wohl zumute wäre? – Und angeborene Idiotie und Altersschwachsinn – was wäre in solchen Fällen zu tun, in denen die Einwilligung der Betreffenden nicht eingeholt werden könnte?

Man kennt dergleichen ja.

Unsere Gastgeberin war erfreut, wie jede Gastgeberin erfreut ist, wenn ein Thema zur Sprache kommt, das die Unterhaltung für den Rest des Abends belebt. Man wandte sich an mich.

»Nun mal los, Carr, wie stellen Sie sich dazu? Wenn Sie nun eine unheilbare Krankheit hätten? Eigentlich könnten Sie mal einen Artikel darüber für uns schreiben – das wäre doch ein Thema für die Saure-Gurken-Zeit!«

Als ich nach Haus ging, wunderte ich mich im stillen, wie wenig doch selbst gute Freunde ahnen, was in einem vorgeht...

In einer Anwandlung von Schwäche rief ich Laura am nächsten Morgen an und fragte, ob ich zu ihr zum Tee kommen dürfte. Einfach, weil ich eine Stunde in der Ruhe ihres Zimmers bei ihr sitzen wollte.

Da erfuhr ich dann, daß sie die Absicht hatte, eine längere Seereise zu machen, und im Augenblick wurde mir klar, daß die Entscheidung über meine kümmerliche Zukunft gefallen war.

Ein paar Tage genügten, um meine Angelegenheiten zu regeln. Ich hatte mich nie mit tausenderlei persönlichen Dingen belastet und war durchaus bereit, meine Zimmer

so wie sie waren, einem Makler zur Vermietung zu geben. Ich glaubte, ein Testament machen zu müssen; aber nachdem ich alle die Bücher, die ich nicht mitnehmen wollte, unter einige Freunde verteilt hatte, stand ich vor der Schwierigkeit, mir einen Haupterben auszudenken. Laura hatte ja in materieller Hinsicht offenbar alles, was sie brauchte. So warf ich einfach eine kurze Erklärung hin, in der ich meine Einrichtung und alles Geld, das nach Abzug der Passage und einer angemessenen Summe für laufende Ausgaben auf der Reise noch verblieb, einem mittellosen jungen Kollegen aus meiner Redaktion hinterließ, von dem ich sehr viel hielt. Ich mußte schmunzeln, als ich meinen Namen daruntersetzte und mir sein Erstaunen vorstellte, wenn er eines Tages von diesem unverhofften Glücksfall Kenntnis erhalten würde.
Es war geradezu schmeichelhaft für mich, wie betroffen man in der Redaktion über meinen Entschluß war; aber als ich darauf hinwies, daß ich nach dem Kriege, seit mehr als zehn Jahren also, fast ohne jede Unterbrechung durchgearbeitet hatte, gestanden sie mir zu, daß ich ein Anrecht auf unbeschränkten Urlaub hätte. Man würde mir meinen Platz freihalten und mir während meiner Abwesenheit einen Vorschuß in Höhe meines halben Monatshonorars zahlen. Nein? Man würde mir, wenn ich es wollte, auch das Doppelte zahlen. Nein? Das sei ja sehr edel von mir, und man werde das im Direktoren-Ausschuß gebührend erwähnen. Ob ich wenigstens versprechen könne, mich nicht anderweitig zu binden nach meiner Rückkehr? Gut! Und dann wünschten sie mir alle sehr herzlich eine glückliche, sorgenfreie Reise und tranken mit dem besonderen 1850er Cognac auf meine Gesundheit.
Und wieder grinste ich in mich hinein, als ich, zum letzten Mal, die erlauchten Blätter im Zug nach Dover aufschlug und eine umrandete Fußnote darin entdeckte, die besagte, daß Mr. Carr sich auf einer längeren Erholungsreise be-

finde, seine Artikel jedoch sofort nach der Heimkehr wieder aufnehmen werde.
Ein größeres Kompliment als mit dieser Verletzung der üblichen Anonymität konnten sie mir nicht machen.
Für eins bin ich dankbar: ich werde niemandem Kummer bereiten mit meinem Hinscheiden. Meine Freunde würden mich wahrscheinlich als hartherzigen Menschen bezeichnen, dabei war ich immer von dem Gedanken an eine drohende Gefahr für andere Menschen verfolgt, und ich empfand ihre Sorgen und Nöte, als wären es meine eigenen. Wie wenig wußten sie davon. Ich hatte die krankhafte Vorstellung, das Leben sei ein Pfad, auf dem man behaglich dahinwandelt, ein Pfad, in leichtem Auf und Ab vielleicht, im ganzen aber scheinbar glatt und gut zu überblicken – bis sich plötzlich ein Abgrund auftut, über den nicht leicht hinwegzukommen ist: eine Schicksalswende, ein persönliches Unglück, ein Unfall, der einen zum Krüppel macht, oder der Verlust eines geliebten Menschen. Was immer es auch sei, es kommt überraschend, und weil man es überwinden muß, bringt man einen Mut auf, von dem man gar nicht wußte, daß man ihn besitzt. Ich beobachtete die Leute, von denen ich wußte, daß ein solcher Schicksalsschlag sie getroffen hatte, und fragte mich, welche Qual sie wohl im geheimen durchlitten haben mochten, und wie sie das alles, anscheinend unverändert, überstehen. Die verrücktesten Ideen kamen mir: daß der Freund, von dem ich mich soeben verabschiedet hatte, statt in den Fahrstuhl ins Leere träte und in den Schacht stürzte oder vielleicht beim Öffnen seiner Haustür das schicksalsschwere Telegramm auf der Fußmatte vorfände... Und da ich mich sonst als sturen phantasielosen Mann kannte, empfand ich diese abwegigen Zwangsvorstellungen als besonders ungewöhnlich – oder ist vielleicht keiner von uns so normal, wie wir es uns gern einbilden? Nun bin ich neugierig, ob wohl

mein eigenes Schicksal einen ahnungsvollen Schatten auf meine zuversichtlichen Schritte vorauswerfen wird...

Für noch etwas bin ich dankbar: das Alter bleibt mir erspart. Ich weiß, es kommt, ohne daß wir es recht merken – chacun croit que la jeunesse durera bien jusqu'à l'année prochaine –, aber leise Andeutungen werden doch allmählich spürbar: nichts Bestimmtes zunächst; man ertappt sich dabei, daß man die Treppen langsamer steigt; wenn man sich bückt, um nach einem heruntergefallenen Bleistift zu angeln, hat man einen bohrenden Schmerz im Rücken, man hustet, man keucht, immer häufiger fragt man ›Wie bitte?‹, und die jungen Leute gehen dazu über, einen mit ›Sir‹ anzureden. Das ist zweifellos alles sehr komisch – aber letzten Endes auch wieder tragisch. Ich habe mein halbes Jahrhundert gelebt und habe nicht das Verlangen, noch einem weniger erfreulichen Vierteljahrhundert entgegenzusehen.

Der Tod mischt sich ein und ist überall untrennbar mit unserm Leben verwoben: der Verfall beherrscht die Stunde und schleicht sich in unsere gesamte weitere Entwicklung ein. Ich habe Bilder von mir, die gemalt wurden, als ich 25 Jahre alt war, und andere, die mich als Dreißigjährigen zeigen, und ich vergleiche sie immer wieder mit denen, die man jetzt von mir machte. Wie oft sage ich mir dann, ich bin ja gar nicht mehr ich selbst – um wie viel weiter mag mein heutiges Aussehen von jenen alten Bildern entfernt sein als von dem zur Zeit meines Ablebens? Es ist ein unerhörter Mißbrauch der Natur, das Leben so weit auszudehnen und zu überstürzen, daß die Natur gezwungen ist, uns aufzugeben und unsere ganze Führung, unsere Augen, unsere Zähne, unsere Beine und alles übrige der Gnade fremder Hilfe und erbettelten Beistandes zu überlassen.

Einen kleinen Betrug habe ich begangen: ich habe den Schiffsarzt nicht von meinem Gesundheitszustand unter-

richtet. Denn es wäre unerträglich für mich gewesen, wenn man mir die Passage im letzten Moment verweigert hätte, und das ist bei gewissen Schiffslinien üblich – Todesfälle auf See schätzt man nicht. Der Schiffsarzt kann ja auch nichts für mich tun; und da ich weder eine werdende Mutter noch ein offenkundiger Invalide bin, schenkt er mir nicht mehr Aufmerksamkeit als allen anderen. Immerhin habe ich zur Sicherheit einen adressierten Umschlag für ihn hinterlassen mit dem ärztlichen Befund, den ich mir von meinem Arzt schriftlich geben ließ. Dieser Bericht wird dann in meiner Brieftasche gefunden werden und die ganzen Scherereien einer amtlichen Untersuchung ersparen. Ich habe ihn studiert und wundere mich, daß solche unverständlichen Fachausdrücke wiedergeben sollen, was im Innern eines Menschen vor sich geht.
Der Zwangsimpfung gegen Pocken und der Schutzimpfung gegen Cholera, Typhus und Gelbes Fieber habe ich mich mit stiller Belustigung unterzogen. Das wird mir ja sehr viel helfen! Jedenfalls aber sind die Behörden nun beruhigt, daß ich in einem tadellosen Gesundheitszustand verbleibe...
Irgendwo habe ich einmal gelesen, daß in bestimmten südamerikanischen Flüssen Myriaden winziger Fische sich an untersinkende Körper heften und sie im Nu abnagen, bis nur noch das saubere weiße Skelett übrig ist.

*

Laura schenkte mir ein dickes Kalender-Tagebuch am Neujahrstag, als wir gerade die südlichen Breitengrade erreicht hatten und sie hinzukam, wie ich müßig aufs Meer blickte.
»Danken Sie mir nicht dafür«, sagte sie, »es wurde mir als Abschiedsgeschenk aufgedrängt, und Sie werden besseren Gebrauch davon machen als ich.«

»Ach so – kritzel, kritzel, Herr Berichterstatter?« antwortete ich nur, war aber doch sehr gerührt.
So schreibe ich nun alles da hinein, wie es gerade kommt, ohne Rücksicht auf das Datum – ein Jahrbuch, das nie voll werden wird... Laura ahnt wohl kaum, wie sonderbar es ist, wenn man so ein Buch, in dem jeder Tag eine Seite für sich hat, aufs Geratewohl an irgendeinem beliebigen künftigen Datum aufschlägt, etwa am 21. November oder schon an einem Tag im März, April oder Mai. Oder im nächsten Monat oder in der nächsten Woche oder morgen. Oder heute...
Da gibt es eine totale Sonnenfinsternis, die in England als partielle Sonnenfinsternis zu sehen ist. Da gibt es Neumond und Vollmond, pünktlich wiederkehrend, genau berechnet für das ganze Jahr wie durch Millionen weitere Jahre.
Ich habe mir nie die Mühe gemacht, Tagebuch zu führen. Aber wenn ich meine kleinen Taschen-Terminkalender in ihrer Neujahrs-Unberührtheit durchblätterte, gab es mir einen ähnlichen Stich: was mag bis zu diesem oder jenem Tage wohl alles geschehen sein...? In meinem alten Leben bezogen sich diese Fragen mehr auf Allgemeines als auf Persönliches; ich glaube nicht, daß ich mich je viel mit mir selbst beschäftigt habe... Eben stoße ich gerade auf meinen Geburtstag, den 1. Juli, und lächle – hoffentlich nicht zu mißglückt... Diese Betrachtungen sind so abgedroschen, daß nur die akute Bedeutung, die sie für mich gewonnen haben, sie rechtfertigt.

*

Wie sicher scheinen wir auf diesem Schiff, das mit Seekarten, Radio und Radar ausgerüstet ist und sogar über ein Gerät verfügt, dessen Feder fortlaufend ein Bild von dem Meeresboden unter uns aufzeichnet.

›Bei langem Navigieren und Mangel an Speisen und Wasser bekommen sie verschiedene Krankheiten: ihr Zahnfleisch wird schwammig und wuchert, und sie sind genötigt, es abzuschneiden, ihre Beine schwellen an, und der ganze Körper wird wund und betäubt, daß sie nicht Hand noch Fuß rühren können, und also sterben sie vor Schwäche, andere bekommen Anfälle und Fieber und sterben daran...‹
Nein, meine Reise kann nicht als abenteuerlich bezeichnet werden, es sei denn als geistiges Abenteuer.
»Wie schade«, sagte ich zu Laura, »daß wir auf einem geographisch bereits so erforschten Planeten leben. Beneiden Sie nicht die frühen Entdecker, die nie wußten, was um die nächste Ecke herum wohl auftauchen mochte? Stellen Sie sich bloß einmal vor, Sie kämen plötzlich zum Grand Canyon und wüßten noch gar nichts von seiner Existenz!«
»Mein lieber Edmund, ich hätte Sie nie für romantisch gehalten!«
»Nicht? Nun, vielleicht haben Sie recht. Aber ich habe Ferien, sehen Sie, und da entdecke ich, daß eine Menge höchst wunderlicher Dinge vom Grunde der Seele an die Oberfläche steigen. Man hat auf einmal Muße, verlorene Zeit nachzuholen. Es geht mir allmählich auf, daß man sich doch vielleicht zu sehr auf das Materielle im Leben konzentriert.«
»Und da haben Sie so viele Jahre gebraucht, um zu dieser Erkenntnis zu kommen? – Immerhin«, fügte sie hinzu, als fürchtete sie, ihre Frage wäre vielleicht zu persönlich, zu indiskret, und meine Antwort könnte sie dazu bringen, ihre eigene Ansicht zu verraten, »wie sollen wir bei dem Stadium, das unsere Zivilisation erreicht hat, weiterkommen, wenn wir uns nicht auf das konzentrieren, was Sie das Materielle nennen? Wir machen, weiß der Himmel, genug Kuddelmuddel, aber wir geben uns doch wenig-

stens Mühe, und eines Tages werden vielleicht unsere Nachkommen entdecken – wie soll ich mich ausdrükken –, daß doch eine gewisse Ordnung bei all dem Wirrwarr herausgekommen ist.«

»Kurz, das Wort von dem ›besseren Wilden‹ stimmt heute nicht mehr?«

»Ich kann mir jedenfalls nicht vorstellen, daß Sie ihn bei näherem Umgang so sehr schätzen würden.«

»Aber den dicken Unternehmer mit dem dreifachen Kinn und der dicken Zigarre, den Sie den ›Kaufmann von Alexandrien‹ getauft haben, mag ich auch nicht, oder den Ölkönig aus Texas, der damit prahlt, daß er, wenn er Lust dazu hätte, den Sultan von Kuweit auskaufen könnte. Und es gefällt mir gar nicht, wenn die Natur so ausgebeutet wird, wenn auf der Suche nach wertvollen Mineralien Schächte in die herrlichen Berge getrieben werden, wenn immer mehr scheußliche Industriestädte die Erde überziehen, wenn Kräne und Ladebäume die Küsten verunstalten und dort, wo die Nachtigall am Wasserfall singen sollte, Kraftwerke entstehen.« »Jetzt überraschen Sie mich aber. Ich dachte immer, Sie wären voller Bewunderung für die technischen Leistungen der Menschheit.«

»Ja? Vielleicht bin ich inkonsequent – o welche Wohltat, einmal in Inkonsequenz schwelgen zu können! Genau das hatte ich vor, als ich auf diese Reise ging. Und nun entdecke ich, daß eins unserer vielen Probleme heute die geradezu schizophrene Kluft ist zwischen unserm Verlangen nach Zivilisation und unserer Sehnsucht nach dem, was Miss Corcoran als Rückkehr zur Natur bezeichnen würde. Es steckt ein Wilder, ein Robinson in jedem von uns, meistens unbewußt. Bis vor kurzem habe auch ich ihn gar nicht in mir vermutet.«

»Vielleicht haben allein die Künstler und die Weisen dieses Problem für sich gelöst. Und doch, Edmund – ohne Zivilisation wäre man über Höhlenmalerei und Trommelmusik nicht hinausgekommen. Kein Rembrandt, kein Beethoven, kein St. Markus in Venedig. Kein Venedig.«

»Aber auch kein Sheffield, kein Chicago mit seinen Schlachthöfen...«

»Nun, Ihr Insel-Wilder machte doch auch seine Messer und Pfeile, so gut er konnte, und was die Schlachthöfe von Chicago angeht – bilden Sie sich denn ein, der Primitive sei weniger grausam gewesen, wenn er die Büffel herdenweise über die Felsklippen der Vézère trieb, daß sie hinunterstürzten auf die unteren Felsen, wo er dann eine leichte Beute an ihnen hatte? Nein, Edmund, ich fürchte, der Mensch von heute ist bloß eine Neuausgabe von dem, was der Mensch immer war, nur ein wenig komplizierter. Ein folgerichtiger Ablauf, weiter nichts.«

*

Da wir nun mit den Rettungsboot-Übungen durch waren, hatten wir heute eine ›Mann-über-Bord-Übung‹. Ich schrieb gerade in meiner Kabine, als ich plötzlich merkte, wie das Schiff sich auf eine ganz ungewohnte Weise herumdrehte. Dabei waren wir drei Tage weit von jedem Hafen entfernt und fuhren ohne Störung unsern geraden Kurs auf dem freien Ozean. Ich ging an Deck, denn die Neugier treibt uns hier an Bord, allem Ungewöhnlichen nachzugehen, etwa, wie wir es an Land nicht lassen können, uns auf ein hartnäckiges Telephonklingeln zu melden. Das Schiff beschrieb einen ungeheuren Kreis auf der spiegelblanken blauen Wasserfläche. Die Spur unseres Kielwassers bildete eine Art Lagune ohne jede Welle, und mitten in dieser Lagune bewegte sich ein rotes Flämmchen auf und ab, das eine Rauchfahne hinter sich ließ. Ein kleiner Junge, der ganz aufgeregt herumsprang, zeigte es mir: »Da ist er, da – können Sie ihn sehen? Mann – hoffentlich geht er unter, ehe sie ihn erreichen!«

Offenbar hatten sie aber gar nicht die Absicht, das zu versuchen, denn es wurde kein Rettungsboot heruntergelassen; sie begnügten sich damit zu beobachten, wie der Kanister von einer unsichtbaren Strömung weiter und weiter fortgetragen wurde. Mir war das alles unverständlich, wie so manches im Leben. Es blieb nur zu hoffen, daß für die verantwortlichen Leute ein Sinn in dem Ganzen lag. Unterdessen war es geradezu jämmerlich anzusehen, wie das kleine Ding um sein Leben kämpfte, zitternd und verlassen in der unendlichen Weite. Plötzlich wurde die Flamme ganz klein, und ich dachte schon, sie wäre verlöscht, aber sie lebte noch einmal auf, in einem schwachen Flackern letzter Entschlossenheit. Dann kam es an den Rand der Lagune, wurde von den Wellen unseres Kielwassers erfaßt, taumelte einen Augenblick verzweifelt hin und her und war für immer versunken.
Das Meer hat keine Grabsteine...

*

Heute morgen gingen wir in einer Bucht vor Anker, etwa eine Meile von der Küste entfernt, und sahen geruhsam zu, wie ein Lastkahn aus dem kleinen Hafen auf uns zukam, begleitet von einer ganzen Flotte kleiner Boote, in denen die eingeborenen Händler mit rauhen Lauten ihre Waren anpriesen. Ich benutzte die Gelegenheit, einen Blick auf unsere Mitreisenden zu werfen, die sich ziemlich vollzählig versammelt hatten, weil in diesem Leben auf See alles eine willkommene Anregung und Zerstreuung bedeutet. Nicht viele von ihnen reisen, wie Laura und ich, nur zum Vergnügen. In der Mehrzahl sind es Männer verschiedener Nationalität, meist im Staatsdienst, oder Bergbau-Ingenieure oder Angestellte einer Ölgesellschaft, die ihren Dienst wieder antreten, oder Männer, die auf Plantagen landeinwärts arbeiten. Ich finde sie nicht

uninteressant, höre ihre Unterhaltungen aber nur wie durch einen unwirklichen Nebel. Früher einmal wäre ich begierig auf die Informationen gewesen, die ich von ihnen, nüchtern und sachlich, aus erster Hand hätte erhalten können. Die Frauen sind das ganze Gegenstück; sie sehen alle aus, als hätten sie zu viele Jahre in den heißen Ländern zugebracht und immer in zu kleinen Gemeinschaften gelebt. Sie haben einen leicht raubgierigen Zug, und es bedarf keiner großen Phantasie, um sich die Eifersüchteleien und Rivalitäten auszumalen, die in den verschiedenen Stellungen und Plantagen ständig unter ihnen vorkommen. Selbst hier an Bord wird die Rangordnung eingehalten.
»Wir möchten ja gern Mrs. Drysdale bitten, die Preise für das Bridge-Turnier zu verteilen«, sagte der Zahlmeister neulich zu mir, »aber wir haben das Gefühl, daß wir uns doch an die rangälteste Dame vom Militär wenden müssen.«
Ich glaube, er hat recht. Die Kommandeuse hat einen gefährlichen Mund. Außerdem sind da noch die unvermeidlichen Missionare beiderlei Geschlechts, die darauf aus sind, den Glauben anderer zu erschüttern. Den vergnügten alten französischen Priester nehme ich davon aus, der mich neulich beiseite zog und mir, unter dem Buchdeckel eines offensichtlichen Breviers versteckt, den neuesten Simenon zeigte.
»Man kann doch nicht immerzu fromm sein, wie?«, meinte er und zwinkerte mir zu.
Und dann sind da vier Nonnen. Wie ich hörte, sind sie auf dem Wege nach einem äußerst gefährlichen Ort im Fernen Osten, und sicherlich trainieren sie bereits für Bergtouren, denn ohne Rücksicht darauf, daß sie zur 2. Klasse gehören, benutzen sie ganz selbstverständlich unser Deck für ihren Verdauungsspaziergang zweimal am Tag. Rundherum stapfen sie in ihren flachen schwarzen Stie-

feln; der Wind bringt ihre Hauben in Unordnung und setzt sich unter ihre Röcke, daß sie hoch fliegen, wie die Röcke heiliger Frauen eigentlich nicht fliegen sollten. Unaufhörlich bewegen sich die Lippen der Nonnen in lautlosem Gebet. Jeden Sonntagmorgen sehe ich sie zur Messe gehen in unsern eigens dafür umgewandelten Salon, und manchmal muß ich seufzen, weil ich sie beneide.

Natürlich gibt es einen ständigen Wechsel unter den Mitreisenden; manche werden abgesetzt, andere steigen zu. Ich stelle mir vor, wie diejenigen, die uns eben verlassen haben, an ihre Arbeit zurückkehren, ohne jede Aussicht auf Urlaub für die nächsten zwei, drei oder vier Jahre, und ich betrachte die Neuankömmlinge und frage mich, welche Fügung des Schicksals sie wohl bewogen hat, zu einem anderen Ort der Erdoberfläche aufzubrechen, wo doch genau das gleiche zu finden ist wie an dem Ort, von dem sie gerade kommen: der gleiche Bungalow, die gleiche Arbeit für die Männer, das gleiche Wirtschaften für die Frauen, das gleiche Beschnüffeln der neuen Nachbarn, die gleichen Parties, die gleichen Cliquen, die gleiche hinterhältige Verleumdung. Es wird ein Klubhaus da sein mit einem Tennisplatz, und bei Sonnenuntergang wird hier wie dort das Eis im Gin-Soda klirren.

Besonders gern beobachte ich die Passagiere bei hohem Seegang, wenn das Schiff sich auf die Seite legt und sie zwingt, in Stellungen Halt zu suchen, die in keiner Weise mehr mit dem gewohnten Winkel zum Fußboden übereinstimmen, oder sie plötzlich mit Tempo quer über das Deck schießen läßt, bis sie sich mit gespreizten Händen an der gegenüberliegenden Wand bremsen können. Ich freue mich zu sehen, wie der Ölkönig aus Texas von einem, der stärker ist als er, zum Narren gehalten wird. Weniger schön finde ich es dagegen, wenn die stürmische Engländerin gegen mich prallt und ich sie auffangen

muß, damit sie nicht hinfällt. Laura neckt mich und meint, das täte sie bestimmt mit Absicht.
Und womit beschäftigen sie sich an Bord? Schließlich sind das hier noch Ferien, eine Verlängerung der eigentlichen Ferien zu Hause. Sie kommen einander näher, bilden kleine Gruppen, unterhalten sich, spielen Dame, Puff, Schach oder Karten, lösen Kreuzworträtsel. Manche schlafen, und die Tatkräftigeren spielen Deck-Tennis oder Ping-Pong. (Mit besonderer Freude sehe ich zwei jungen Geistlichen zu, die in ihren langen schwarzen Soutanen Ping-Pong spielen.) Ein Haufen alter Zeitschriften liegt herum; einige blättern darin, besehen sich die Bilder, blinzeln sich nach dieser geistigen Anstrengung zu: »Nun wäre wohl ein kleines Nickerchen fällig, wie?« und trotten davon. Später hocken sie dann auf den hohen Stühlen an der Bar, wo die Neckereien immer ausgelassener und die Dekolletés der Damen noch gewagter erscheinen als am Abend zuvor. Kurven werden sichtbar, und Achselbänder sind beängstigend nahe daran, von den Schultern zu gleiten.
Als ich einige Bemerkungen zu Laura darüber machte, erteilte sie mir die Abfuhr, die ich verdiente. Ich hätte kein Recht, sagte sie, die Leute so in Bausch und Bogen abzutun. Ich müsse lernen, Unterschiede zu machen. Viele dieser Männer seien enorm tüchtig und klug in ihrem Beruf, und einige seien ganz wild darauf und ehrlich froh, wieder an ihre Arbeit zu kommen. Ich solle doch etwas umgänglicher sein und nicht nach dem Äußeren urteilen. Beschämt zog ich mich zurück. –
Das Sonnenbaden – wie konnte ich das nur vergessen?! Ich kann die Menschheit erträglich finden, wenn sie angezogen ist oder wenigstens teilweise bekleidet, sofern es sich dabei um junge Leute handelt, deren Figur noch nicht durch Millionen Mahlzeiten, die sie seit ihrer Geburt vertilgt haben, entstellt ist. Was ich aber nicht ausstehen kann, ist der Anblick dicker, älterer Männer mit graumelierten

Locken auf der Brust, Spitzbauch und krebsroter Haut, die, selbstzufrieden, die Hände über dem Nabel gefaltet, ihren Körper zur Schau stellen. Stunde um Stunde liegen sie so herum, riesige Tümmler, gewaltige Leiber, plump und massiv; und wenn sie dann gehen, wabbelt ihr Fleisch. Und die Frauen – diese Damen, die nicht im Traum daran denken würden, in der Abgeschiedenheit ihres eigenen Hauses ohne Morgenrock zu erscheinen, stellen sich hier ebenso anstößig zur Schau wie die Männer. Welch seltsame Geistesverwirrung befällt doch die Leute, sobald sie Salzwasser wittern!

*

Unser Aufenthalt draußen vor dem kleinen Hafen hatte die meisten Mitreisenden an die Reling gelockt. Junge Eingeborene tauchten nach Münzen, die ihnen in die klaren Wellen geworfen wurden – kleine nackte Knaben, kupferbraun wie Pfennigstücke, geschmeidig und amphibisch. Sie schüttelten das Wasser aus ihrem Haar, während sie grinsend zu uns hinaufsahen und in die Hände klatschten, um uns zu weiteren Gaben zu ermuntern. Dann gab es noch eine andere Attraktion, oben auf dem Schiff: einer der Schiffsoffiziere hatte eine Angel ausgeworfen; ich sah, wie die Schnur sich straffte, wie er kräftig zog und ein baumelndes Etwas über die Reling an Deck zerrte. Alle drängten sich heran um zuzuschauen. Blaßrosa und schillernd schlug der junge Hai um sich, Angelhaken und Köder noch immer im Maul; hilflos, erstickend, zappelte er, um zu entfliehen. Er verstand das alles nicht. Mitleiderregend rollte er seine graugrünen, glasigen Augen in flehentlicher Bitte. Alle hielten das für sehr komisch, vor allem die Kinder, die um ihn herumhüpften, vor Wonne quietschten und gar nicht genug von diesen Späßen bekommen konnten.

»Sollte man ihn nicht lieber töten?« wandte ich mich an einen Mann, der neben mir stand.
Er sah mich überrascht an.
»Er stirbt doch sowieso. Gefährliches kleines Biest. Die kleinen Taucher, wissen Sie, achten nicht auf die Haie, und dabei genügt ein Zuschnappen der Kiefern, den Jungen im Nu einen Fuß abzureißen. Ja, oder auch ein Bein. Das Wasser färbt sich dann im Handumdrehen rot. Ich habe das erlebt. Dieser hier wird wenigstens nicht groß werden und Unheil anrichten.«
Der kleine Hai brauchte lange zum Sterben. Seine Bewegungen wurden schwächer, aber es war noch Lebenswille in dem Schlagen des Schwanzes und dem Öffnen und Schließen der Kiemen. Ein krampfhaftes Zucken dann und wann zeigte, daß noch Entschlußkraft in diesem Geschöpf war, ein Widerstand, das Leben aufzugeben, eine verzweifelte Hoffnung, in sein Element zurückzugelangen. Jetzt, in seinen Todesschmerzen, lag er da als Zielscheibe des Spottes für seine menschlichen Genossen aus derselben Schöpfung. Schließlich war es doch reiner Zufall, daß wir als Menschen und nicht als Haie auf die Welt gekommen waren. Wir hatten es uns nicht aussuchen können.
Auf einmal sah ich, wie der lange Oberst sich einen Weg durch die Menge bahnte.
»Nun ist's genug!« sagte er, »jetzt wollen wir das Scheusal aber von seinem Elend erlösen.« Und indem er ihm mit dem Absatz einmal kräftig auf den Kopf trat, beendete er dieses erbärmliche Spiel. Ein ›Oh‹ der Enttäuschung entfuhr den Kindern, besonders den Jungen.
Der Oberst und ich gingen gemeinsam fort. Er war ungewöhnlich bewegt von diesem Zwischenfall und dadurch in mitteilsamer Stimmung.
»Ich kann den Anblick eines Tieres in solchen Qualen nicht ertragen«, sagte er. »Man ist sich zwar darüber klar,

daß gewisse Tiere getötet werden müssen, und ich habe durchaus keine besondere Vorliebe für Haie – aber untätig zusehen, wie so ein armer kleiner Teufel sein Leben aushaucht, während alle um ihn herumstehen und darüber lachen... Früher ging ich auf Großwildjagd, aber das habe ich aufgegeben. Ich fand keinen Gefallen daran, freie Geschöpfe zur Strecke zu bringen, die doch das gleiche Recht hatten, ihr Leben zu genießen, wie ich. Haben Sie schon einmal einen Löwen geschossen?«

»Weiß der Himmel, nein«, sagte ich und sah im Geiste das Zeitungsviertel von London vor mir.

»Besonders schlimm ist es, wenn man ihn nur wund schießt«, fuhr der Oberst versonnen fort. »Auf einen angreifenden Büffel zu schießen, ist natürlich etwas ganz anderes, da heißt es mein Leben oder das seine. Außerdem ist es verdammt schwer, ihn genau an der richtigen Stelle zu treffen. Ich kann nicht leugnen, daß es eine gewisse Befriedigung gewährt, wenn man sieht, wie dieses todbringende Geschöpf in Größe einer Lokomotive auf einen zurast und dann, kurz ehe es einen erreicht, zusammenbricht, bloß, weil man ihm die Kugel haargenau an dem richtigen Fleck hineingejagt hat. Es ging um sein Leben oder das eigene – er hatte die brutale Gewalt, man selbst die Geschicklichkeit. Und dann, Carr, fand man dieses ganze Leben einfach herrlich, wissen Sie: die Freiheit, die Jagd am Tage und das Lagerfeuer am Abend, ob man nun etwas erlegt hatte oder nicht. Und weil ich dieses Leben so liebte und durchaus nicht wild aufs Töten war, versuchte ich es mit der Kamera anstelle der Büchse; aber dann merkte ich, daß die Kameraden wie die eingeborenen Jäger und Träger nicht den gleichen Respekt vor einem hatten, wenn man nur photographierte statt totzuschießen. Es ist doch komisch, nicht«, sagte er, als ob ihm dieser Gedanke zum ersten Mal käme, »warum müssen die Menschen nur immer vernichten? Ich denke mir, das ist ein Trieb, von dem wir nicht loskommen, ein Ur-Instinkt. Man muß töten, um zu leben. Alles in der Natur tötet, um sich am Leben zu erhalten. Ich glaube, man muß sich wohl oder übel damit abfinden. Wie denken Sie darüber, Carr? Sie sind doch ein heller Kopf, ich nicht.« Dieser plötzliche Ausbruch rührte mich; ich mochte den Mann immer lieber. Ich versuchte, mehr aus ihm herauszulocken.

»Ich fürchte«, sagte ich, »mein Leben war, mit dem Ihren verglichen, nicht sehr abenteuerlich.«

»Aber Sie haben es dafür hier...« Er tippte auf seine Stirn. »Was meiner Begeisterung für den Jagdsport den Rest gab, war, glaube ich, die Seehundjagd mit den Fischern von Labrador. Prächtige Burschen waren das, hart und zäh, wie man sie sich nur wünschen kann; es kümmerte sie nicht, wenn ihnen die Bärte vereisten oder der Schweiß ihnen nur so von der Stirne rann. Wenn sie nicht Seehunde jagten, fischten sie mit Schleppnetzen in diesen Gewässern, und dazu muß man schon sehr hart sein.«

»Erzählen Sie mir doch von der Seehundjagd.«

»Ach, zum Teil gefiel mir das schon ungeheuer. Da steckte man auf einem einsamen Schiff mitten im Packeis, das rund um einen knarrte und ächzte, und das Rot und Grün der Navigationslichter und ihr Widerschein auf dem Eis waren die einzigen Farbflecke in dieser weißen Welt. Das alles fand ich wunderbar. Aber als das Rot nachher vergossenes Blut war, gefiel mir das nicht mehr so gut. Wissen Sie, die Seehunde sind so vertrauensvolle Geschöpfe; sie kommen ganz nahe zu einem herangeschlittert, um festzustellen, was das da wohl ist. Haben Sie schon einmal ein Seehundbaby gesehen? Ganz weich sind sie und sehr neugierig. Die Männer zähmen sich öfter eins und spielen mit ihm.«

Er hielt inne, und ich spürte, wie seine Gedanken zurückwanderten. Ich konnte mir gut vorstellen, wie er selbst auch so einen kleinen Seehund mitnahm und mit ihm spielte wie mit einem jungen Hund, wie er ihn liebgewann, ihn mit seinen behutsamen Händen anfaßte, ihm beibrachte, einen Ball auf der Nase zu balancieren, und wie sie beide ihren Spaß miteinander hatten.

»Das waren sogenannte Harfen-Seehunde«, begann der Oberst von neuem, in einem mehr sachlichen und belehrenden Ton. »Sie heißen so wegen des harfenförmigen Sattels, der sich auf dem Rückenfell der ausgewachsenen Tiere abzeichnet. Die Jungen haben zu Anfang ein ganz dickes, wolliges, cremefarbenes Fell, deshalb nennt man sie auch ›Weißfellchen‹. Und hauptsächlich wegen dieses Felles werden sie schon innerhalb der ersten Woche ihres Lebens umgebracht. Ein paar Wochen später tötet man sie auch wegen der Fettschicht, die sie unter der Haut ansetzen. So ein Junges zu töten, ist ganz leicht; der Schädel ist noch weich, und es genügt ein Schlag mit der Meßrute oder dem Bootshaken, die auch zum Sondieren des Eises benutzt werden. Das ist alles schon richtig und wahrscheinlich die humanste Art es zu tun; manchmal jedoch ist ein unerfahrener oder ungeduldiger Mann dabei, der das Tier mit einem Fußtritt gegen den Kopf bloß betäubt und ihm dann das Fell abzieht, während der junge Seehund noch lebendig ist und schreit... Sie blöken oft wie Lämmer. Das war mir entsetzlich, ebenso, wenn die Mutter ganz verstört an dem grauenvollen roten Häufchen schnüffelte, das da liegen geblieben war und sich immer noch bewegte. Muskelreaktionen, gewiß, aber trotzdem...«

Ich wartete, daß er weiterspräche.

»Sie halten mich sicher für furchtbar sentimental«, sagte er schließlich. »Dabei weiß ich natürlich, daß all das sein muß, solange Händler davon leben und Kürschner die Felle kaufen. Vor diesem Gemetzel aber überkam mich Abscheu, ebenso davor, wie schlechte Schützen, die vorn und hinten bei der Büchse kaum unterscheiden konnten, auf die ausgewachsenen Seehunde losfeuerten, sie nur verwundeten und die unglücklichen Tiere dann elend umkommen ließen. Oft glitten sie noch vom Eis ins Meer, und man konnte sehen, wie das Wasser sich rötete... So kam eins zum andern, und ich gab die Jagd eigentlich ganz auf.«

Ich mußte an Christopher Smarts Worte denken: ›Der Seehund, der so liebenswert und treuherzig ist...‹

Wieviel Laura wohl von all dem weiß? Ich glaube, sie würde den Oberst auch mögen. Sie interessiert sich für Menschen, besonders als Typen, und er ist ein ausgesprochener Typ, wenn auch mit persönlichen Zügen.

*

Laura und ich verkehren unterdessen weiter wie bisher.

»Ich hoffe, Sie führen regelmäßig Tagebuch in dem dikken Kalender, den ich Ihnen schenkte?«

»Ja, Laura, ich versichere Ihnen, ich war sehr fleißig.«

»Werden Sie es mich lesen lassen oder mir Stücke daraus vorlesen, wenn wir wieder zu Hause sind? Als Erinnerung an diese glückliche Zeit?«

»Da müßte es erst sehr sorgfältig redigiert werden«, erwiderte ich, entsetzt bei dem Gedanken, daß meine hingeworfenen Notizen jemals in Lauras Hände kommen könnten.

»Ach, ich verstehe, Sie haben sich in boshaften Bonmots geübt auf unsere Kosten – sich über uns lustig gemacht... Arme Miss Corcoran, armer Oberst Dalrymple, und ich Ärmste! Aber im Ernst«, fügte sie hinzu, »ich beneide jeden, der sich schriftlich auszudrücken versteht. Gesprochene Worte verwehen und sind verloren; auf dem Papier bleiben sie erhalten.«

»Das ist sehr oft nur ein Nachteil. Doch Sie sprechen mit

einem Journalisten, nicht mit einem Autor. Nichts ist kurzlebiger als mein tägliches Geschreibsel, das schließlich im Papierkorb endet, wenn es nicht zum Feueranmachen benutzt wird.«

»Unsinn, Edmund. Ich weiß vielleicht nicht viel, aber das weiß ich, daß Ihr Buch als maßgebend angesehen wird. Es erregte Aufsehen, als es erschien und ist seitdem ein Standardwerk geblieben.«

»Mein Buch?« Ich war ehrlich erstaunt, daß sie überhaupt davon gehört hatte. »Jetzt sagen Sie nur nicht, daß Sie auch versucht haben, es zu lesen!«

»Doch, das habe ich wirklich. ›Betrachtungen über völkerkundliche Probleme des Mittleren Ostens‹ – ein gräßlicher Titel, muß ich sagen, der genügte, jeden abzuschrecken. Aber welch ein Buch, mein lieber Edmund, eine großartige Leistung, ein Meisterwerk an Klarheit. Und amüsant. Und hintergründig. Und unwiderlegbar. Nur noch mit Maynard Keynes' ›Volkswirtschaftlichen Auswirkungen des Friedens‹ zu vergleichen.«

»In gewissen Kreisen war es, fürchte ich, nicht gerade sehr beliebt.«

»Ich glaube, das wollten Sie auch gar nicht. Werden Sie wieder einmal ein Buch schreiben?«

»Vielleicht – wenn ich es Ihnen widmen darf.«

Sie wurde rot; ich hatte sie noch nie erröten sehen.

»Sie machen mich ganz verlegen. Was würden unsere Bekannten wohl dazu sagen?! Aber erzählen Sie mir doch einmal, wie so ein Buch entsteht; ich habe keine Ahnung davon und finde es aufdringlich, Schriftsteller auszufragen. Ich hörte einmal, wie eine Dame Aldous Huxley fragte, was er gerade schriebe – das Gesicht, das er machte, war mir eine Lehre fürs Leben.«

»Er war ja auch Romanschriftsteller von Beruf, was ich nicht bin. Ich bin der Meinung, daß jede schöpferische Arbeit, im Gegensatz zu meinen eigenen Bemühungen als literarischer Tagelöhner, ganz in der Stille vor sich gehen muß, daß man nichts davon erwähnen und sich schon gar nicht in Erörterungen darüber einlassen darf. Der tatsächliche Vorgang ist jedoch zweifellos ähnlich. Man lebt in einer kleinen Welt für sich, und alles andere wird belanglos. Eine höchst selbstherrliche Beschäftigung und tief beglückend, solange man dabei ist. Man sieht, wie die Seiten sich stapeln, und man lebt in dem festen Glauben, daß man etwas schafft, das sich lohnt. An dieser Überzeugung muß man auch festhalten, sonst würde man nicht weitermachen. Zum Glück kennt die Selbsttäuschung eines Schriftstellers keine Grenzen; und ach, das selbstzufriedene Gefühl, ein volles Tagewerk vollbracht zu haben!«

»Ich verstehe, was Sie damit sagen wollen, ›wie die Seiten sich stapeln‹ – der Bogen des Ganzen wird erkennbar.«

»Ja, es ist beinahe, als ob man ein Haus baut«, sagte ich, und die Begeisterung riß mich hin. »Jedes einzelne Wort ist ein weiterer Stein, der auf seinen Platz gelegt und mit den anderen verbunden wird, und allmählich sieht man die Mauer wachsen und weiß, daß die Zimmer die Form annehmen werden, die man beabsichtigte – man fühlt sich als Meister, als Gott. Niemand kann sich einmischen oder einen hindern; ob gut oder schlecht, es ist ganz die eigene Schöpfung.«

»Sie sagten, ›solange man dabei ist‹...«

»Ja, diese Zeit ist wunderbar. Es ist wie ein Rausch. Aber da ist noch ein Riesenunterschied zwischen Idee und Ausführung. So vieles geht einem durch den Sinn, während man schreibt, das man nie zu Papier bringt, von dem man sich aber doch einbildet, daß es sich auch auf den Leser auswirken muß. Vielleicht traut man ihm mehr Scharfblick zu als er besitzt und hofft, daß er bereit ist, sich Mühe zu machen. Der Durchschnittsleser überfliegt die Seiten nur, er hält nicht inne, um auf das zu achten, was Sie, Laura, ganz richtig den Bogen nannten. Er wägt nicht, wie der Autor es tat, den Wert jedes einzelnen Wortes ab, er nimmt sich nicht die Zeit, kleine Feinheiten zu würdigen, mit denen der Autor sein Gebäude herauszuarbeiten suchte. Man könnte geradezu sagen, daß es eines Schriftstellers bedarf, um einen Schriftsteller zu würdigen, denn nur ein Fachmann kann die technische Geschicklichkeit eines anderen Fachmannes richtig einschätzen. Vor allem aber ist es eine Frage des Sehens.«

»Des Sehens?«

»Ich kann kein besseres Wort finden. Es klingt weniger anspruchsvoll als Vision, und doch läuft es darauf hinaus. Wie ein vollendetes Bild sieht man auf einmal Form und Sinn des Ganzen vor sich, das man schaffen will. Das soll nicht heißen, daß man es jemals zur eigenen Zufriedenheit ausführt; einen kurzen Augenblick der Erleuchtung jedoch erfaßt man als Ganzes, was einem vorschwebte. Das ist der Augenblick der Wahrheit, der Erhebung – einer der wenigen Augenblicke im Leben, die wert sind, gelebt zu werden. Ob das nur zehn Minuten dauert, während man gerade ein heißes Bad genießt, spielt keine Rolle. Jeder Künstler, ob er nun Schriftsteller, vor allem Dichter, ist oder Maler, Bildhauer, Musiker, Architekt, wird verstehen, was ich meine. Es läßt sich vielleicht mit dem religiösen Erlebnis eines Mystikers vergleichen. Bitte glauben Sie mir, Laura, daß mir jede Blasphemie dabei fern liegt. Ich weiß, Sie halten mich für einen hartgesottenen Materialisten. Das kann ich nicht ändern. Wenn ich so meinen Gefühlen freien Lauf lasse, wie ich es niemals getan hätte, als ich die Freude und Ehre hatte, Sie auf Londoner Gesellschaften zu Tisch zu führen, so ist das Ihre Schuld und vielleicht auch die dieses verzauberten Schiffes.«

»Ach, Edmund, Ihre Entschlossenheit, den Narren zu spielen, ist geradezu lächerlich. Können Sie diesen

Krampf nicht lassen, nicht einmal hier, wo wir weiß Gott wo sind und weiß Gott wo hinfahren? Wir sitzen doch nicht nebeneinander in einer Londoner Gesellschaft. Fällt es Ihnen denn wirklich so schwer, aus sich herauszugehen und mich etwas von dem anderen Edmund sehen zu lassen? Bin ich zu weit gegangen? Das ist das Letzte, was ich möchte. Aber ich würde mich doch sehr freuen, wenn einmal ein anderer Edmund zu mir spräche, nicht der Edmund von den Gesellschaften. Der Künstler Edmund, der unvermutete Romantiker.«
»Ach«, sagte ich. »Da haben Sie mich, fürchte ich, falsch verstanden. Es tut mir leid, Laura, wenn ich Sie enttäuschen muß; aber ich bin nie etwas anderes gewesen und werde nie etwas anderes sein als ein geplagter Journalist.«

*

Sie ahnt nicht, was es für den anderen Edmund heißt, im Gespräch mit ihr aus seiner Zurückhaltung herauszugehen. Der ›andere Edmund‹ hat nie einen Kameraden gehabt.
Oft treffe ich auf Spuren von ihr: ein liegengebliebenes Zigarettenetui oder einen vergessenen Schal. Für eine so patente Frau ist sie merkwürdig nachlässig mit ihren persönlichen Sachen, aber es ist doch niemand so liebenswert wie ein Mensch, der nicht ganz ohne Fehl ist. Solche überraschenden kleinen Widersprüche findet man schon bei bloßer Zuneigung reizend, wieviel mehr erst, wenn man liebt!
Der Oberst und ich verbringen eine ganze Menge Zeit damit, ihre Sachen wieder herbeizuschaffen.
Und manchmal höre ich plötzlich ihre Stimme. Das ist ganz wunderlich. Mir ist ihre Stimme doch so vertraut aus dem täglichen Umgang, und dann, plötzlich und unvermutet, höre ich sie, als ob ich sie noch nie vorher ge-

hört hätte. Und wenn es nur wenige Worte sind, ohne jede besondere Bedeutung. So hörte ich sie einmal sagen: »Nein, danke – keinen Kaffee mehr!«, und es war mir, als sagte sie: ›Edmund, Lieber, ich liebe dich.‹ Die Liebe spielt uns doch seltsame Streiche.

Wenn es windig ist, bindet sie sich immer ein Tuch um den Kopf, und so kam mir der Gedanke, daß ich ihr ein solches Tuch schenken könnte, damit sie etwas hat, das sie später an mich erinnert. Eingeborene Händler umschwärmen gerade wieder das Schiff in ihren Booten und stellen ihre Waren auf einem Flachkahn am Fuße unseres steilen Fallreeps aus, billiger Kram größtenteils, aber lebhafte Farben, wenn man so von oben auf das bunte Durcheinander mit den scharlachroten Turbanen der Verkäufer dazwischen herunterblickt. Sie machen mehr Lärm als ein ganzer Schwarm zwitschernder Stare.

Heimlich, daß Laura es nicht bemerkt, begebe ich mich nach unten in das Gedränge und kaufe meinen Schal. Ich bin recht zufrieden damit; er ist ganz anders als die Tücher, die sie schon besitzt: ein Muster von gelben Kamelen auf einem satten Magenta-Rot. Nun warte ich eine passende Gelegenheit ab, um ihr mein Geschenk zu überreichen.

Ein sonderbares Verlangen nach Zustimmung bewog mich, der chinesischen Dame, Madame Merveille, mein Tuch zu zeigen, diesem zarten kleinen Geschöpf, das so geschmackvoll ist, keine westliche Kleidung zu tragen, sondern ihre heimatlichen mit goldenen Drachen bestickten Seidengewänder beibehält.

»Das ist wohl für eine Freundin? Ein Geschenk, ja?« meinte sie und betrachtete den Schal prüfend.

Ich hätte es nicht über mich gebracht ihr zu sagen, daß er für Laura sein sollte, und sagte deshalb: »Ja, es ist ein Geschenk, wenn auch nicht für eine Freundin. Es ist für das Hausmädchen meiner Mutter.«

Als ob meine Mutter je eins gehabt hätte! Meine arme alte Mutter.
»Ah!« sagte sie darauf, sichtlich erleichtert, »das Mädchen wird das Tuch reizend finden – wunderschön. Für eine Dame, nein – quelle horreur! Diese schreckliche Farbe! Und die Kamele! Aber für das Hausmädchen haben Sie das Richtige ausgesucht.«
Damit gab sie mir das Tuch zurück.
Da habe ich es zusammengeknotet und schlicht ins Meer versenkt.

*

Laura ist krank, und ich bin außer mir vor Angst und Sorge. Wie wahr solche abgedroschenen Redewendungen werden, sobald es um einen selbst geht. ›Außer mir vor Sorge‹ – ich schreibe diese Worte, die mir früher nichts bedeutet hätten, jetzt aber wirklich besagen, daß ich außerhalb meiner selbst stehe in qualvoller Aufregung. Daß ich kein Recht habe, mich nach ihr zu erkundigen, macht alles noch schlimmer. Den Schiffsarzt, einen, gelinde gesagt, knurrigen Mann, kann ich nicht ausfragen, wenn ich ihm auf dem Gang begegne. Als ich ihm gegenüber einmal die Hoffnung äußerte, daß es Mrs. Drysdale besser ginge, war alles, was ich zur Antwort bekam, ein leicht überraschter Blick und eine ausweichende Beruhigung. Was verbirgt er vor mir? Ich weiß ja nicht einmal, was überhaupt mit ihr los ist; ich wagte es dann doch, ihn zu fragen, ob es eine Influenza sei, aber er hatte es eilig und murmelte nur etwas wie: »Ja, sowas Ähnliches.« Und so weiß ich nicht, ob es etwa doch irgendeine Tropenkrankheit ist; vielleicht hat sie Schmerzen, wirft sich im Fieber hin und her und ist womöglich in Lebensgefahr hinter jener geschlossenen Tür...
Ich merke, daß der Oberst ähnlich empfindet, wenn er es

auch natürlich nicht ausspricht. Er lauert mir auf, um zu fragen, ob ich gehört hätte, wie es ihr geht, und von ihm kam auch der Vorschlag, ihr doch ein paar Worte zu schreiben und durch die Stewardeß hineinzuschicken. Das werde ich auch tun – er weiß doch immer Rat.
Zum ersten Mal sah ich nun ihre Handschrift, denn in London trafen wir alle Verabredungen telephonisch.
›Lieber Edmund‹, schrieb sie mir mit Bleistift, ›wie lieb von Ihnen. Es geht mir schon viel besser, und in ein paar Tagen kann ich wieder aufstehen und bei Ihnen allen sein. Es ist nichts Ernstes, nur ein schlimmer Hals und etwas Fieber. Kein Grund zur Besorgnis also – trotzdem vielen Dank. – L.‹
Nun ist sie mir wiedergegeben, recht blaß und schmal noch, aber offensichtlich ganz wiederhergestellt. Dieser Zwischenfall war sehr aufschlußreich: nie hätte ich geglaubt, daß mich einmal solche panische Angst überkommen könnte. Wie teuer sie mir ist! Wie ich sie liebe!

*

Manchmal betrachte ich ihre Hände und Ringe. Kein Trauring, stelle ich fest; es ist bezeichnend für sie, daß sie dieses goldene Symbol der Leibeigenschaft abgelegt hat; nur mehrere Ringe, die man, glaube ich, Freundschaftsringe nennt, und ein blutroter Rubin. Ich möchte wohl wissen, wer ihr den geschenkt hat... Ihre Hände sind schön, weich, aber kräftig und wohlgeformt; sie haben etwas an sich, daß es mir durch und durch geht. Ich möchte ihre Hand nehmen und von allen Seiten betrachten, den Handrücken und die Handfläche mit den geheimnisvollen Linien, die von solcher Bedeutung sein sollen... Ob bei ihr wohl der Kopf regiert oder das Herz? Ich verstehe nicht genug von dieser umstrittenen Kunst – ich weiß nur, daß bei mir die Lebenslinie in auffallender

Weise abbricht, worauf mich ein guter Freund einmal aufmerksam machte. Damals war ich skeptisch, heute bin ich es weniger, und ich würde ein ähnliches Abbrechen dieser Linie bei Laura nicht gern entdecken – es sei denn, es besagte, daß sie und ich zusammen sterben sollten. Wie Philemon und Baucis nach jener wunderschönen Sage von der ehelichen Liebe: diese beiden alten Leute, die in Phrygien in einer Hütte lebten, in der überraschend zwei Götter sie besuchten, wünschten sich, als die Götter ihnen zum Dank für ihre Gastfreundschaft einen Wunsch freistellten, daß sie beide einmal zur gleichen Stunde sterben dürften, damit keiner von ihnen den Schmerz hätte, den andern zu überleben. Ach, die Glücklichen, Philemon und Baucis: sie lebten zusammen, liebten einander und starben gemeinsam.

Laura und ich werden weder zusammen leben noch uns lieben oder zusammen sterben.

Das, immerhin, wäre ja möglich... Ein Schiffbruch? Höchst unwahrscheinlich. Und doch – wie abergläubisch ist man. Man glaubt nicht und halb glaubt man doch wieder, wie man auch an die Kraft des Gebetes nicht glaubt und doch in Augenblicken der Angst kindlich betet: ›Ach bitte, lieber Gott...‹ Auch ich betete so als sie krank war, daß sie genesen möge. Die einfachsten Worte waren das Natürliche.

›Fürwahr, und wenn es nur ein kleines Wort von einer Silbe ist, mich dünkt, es ist besser denn zwei und entspricht mehr dem inneren Drang... also dringt ein kleines Wort, wenn es nicht nur gesprochen und gedacht, sondern insgeheim in der Tiefe der Seele wahrhaft empfunden wird, eher zum Ohr des Allmächtigen als ein achtlos hingemurmelter langer Psalter.‹

Immer wieder frage ich mich, weshalb ich das vergangene Jahr nicht besser nutzte, nachdem ich Laura kennengelernt hatte. Es bestand doch von vornherein kein Zweifel darüber, daß ich mich bei der ersten Begegnung in sie verliebt hatte; und ich war mir auch bewußt, daß dies etwas anderes war, grundverschieden von allem, was je gewesen. Und damals hatte ich ja auch noch keine gesundheitlichen Gründe, die mich zurückhielten. Ich fand einen kleinen Hofstaat von Männern um sie versammelt und hätte mich gut diesem Kreis anschließen können. Aber mein Stolz hielt mich davon ab. Wer war ich denn, wie konnte ich, von niederer Geburt und unelegantem Äußeren, mich um dieses Geschöpf aus einer anderen Welt bewerben? Sie mußte immer die Princesse Lointaine bleiben, und ich eine sehr unromantische Ausgabe des Geffroi Rudel... Hätte sie mich nur im geringsten ermutigt, mich vor anderen ausgezeichnet, dann wäre ich vielleicht sicherer geworden – so aber schrak ich davor zurück, daß sie mich höchstwahrscheinlich abweisen würde. Sie täte das gewiß sanft, aber bestimmt. Wie gut nur, daß ich eine gewisse Vorsicht bewahrt hatte: bei ihrem zarten Gewissen würde sie sich jetzt vielleicht Vorwürfe machen, daß sie einen Sterbenden abwies, dem sie einige Monate höchstes Glück hätte schenken können. Und wenn sie mich überhaupt liebgewonnen hätte, dann müßte sie um meinetwillen leiden... Da ist es schon besser so, wie es ist. Ich genieße die Zeit jetzt und bin dankbar dafür.

*

Oft habe ich mich schon gefragt, wofür ich mich entscheiden würde, wenn mir ein Gott einen Wunsch freistellte. Die Wahl würde einem nicht leichtfallen, man müßte sehr geistesgegenwärtig sein. So eine wunderbare Chance! An einen Gott könnte man doch jede Frage richten: nach der Unsterblichkeit der Seele, zum Beispiel, oder nach dem Ursprung des Lebens, des Universums, und welcher Sinn dem allen zugrunde läge, wenn es überhaupt einen Sinn hatte. Eine umfassende Frage, die der Gott hoffentlich beantworten könnte. Von Poseidon, dem Erderschütterer, heißt es, er beschenke seine Kinder und Patenkinder mit einem besonderen, einem sechsten Sinn, der sie warnte, wenn ein Erdbeben bevorstehe. Ich glaube das nicht, und halb glaube ich es doch wieder. Was glaubt man, und was glaubt man nicht? Man muß alles glauben oder gar nichts. Alles ist entweder möglich oder unmöglich. Wunder sind zu glauben oder nicht zu glauben. Man muß sich entscheiden. Es ist nur so, daß wir den Schlüssel noch nicht gefunden haben, die Erklärung. Es gibt ihn, diesen Schlüssel, und wahrscheinlich ist er ganz einfach, wenn wir ihn nur finden könnten!

Und wenn man es richtig betrachtet, ist alles ein Wunder: das Leben selbst und der Ursprung des Lebens. Was wissen wir von dem Ursprung der Zelle, die geheimnisvoll zu einem nicht feststellbaren Zeitpunkt die Grenze vom Unorganischen zum Organischen durchbrach? Was veranlaßte plötzlich das Wachsen und damit das grundsätzliche Anderswerden gegenüber allem, das, soviel wir wissen, je vorher existierte? Wann bekam die Materie Leben? Wann bekam das Leben, das schon so weit von der Materie entfernt ist, Geist? Wann und wie entsprang der Gedanke? Wann und wie und in welchem Stadium unserer Entwicklung entstand die Vergeistigung, wann formten sich unsere seltsamen religiösen Begriffe? Das dringende Verlangen zu beten, das doch nichts anderes ist als unser ängstlicher Versuch, einen Schöpfer zu beschwichtigen, den wir nicht verstehen?

Eine Detektivgeschichte, die rätselhafteste von allen, geschrieben in nicht zu entziffernden Hieroglyphen, und kein Rosetta-Stein ist uns gegeben von Dem, der uns so vollendet hinters Licht führt und uns arme Suchende, die

wir bemüht sind, seinen Plan zu erkennen, im Irrtum hält.
Über diese Dinge habe ich früher niemals nachgedacht.

*

Mein Philosophieren, wenn man es so nennen darf, ist belohnt worden, denn Laura und ich sind zusammen zu einem ganz unvorhergesehenen Ausflug gekommen, worüber wir uns immer noch im stillen amüsieren. In einem der Häfen trafen wir in einem Café einen imposanten, gut gelaunten Engländer. Als er merkte, daß wir fremd hier waren und überdies Landsleute von ihm, kam er mit seinem Glas an unsern Tisch und unterhielt uns bereitwillig mit einer Menge interessanter Geschichten aus dieser Gegend. Er schien Gefallen an uns gefunden zu haben, oder jedenfalls an Laura; aber wir waren beide doch sehr überrascht, als er sagte: »Hört mal, Herrschaften, so eine Rundreise auf einem Überseedampfer ist ja was sehr Schönes, aber dabei bekommt man nicht viel von den interessanten, etwas abgelegenen Orten zu sehen. Wie wäre es denn, wenn Sie mal loszögen und auf einer dieser Inseln übernachteten? Zwei Tage liegt Ihr Schiff hier im Hafen? Gut, das ist ja reichlich Zeit. Wenn Sie gleich nach Tisch aufbrechen, können Sie bis morgen abend wieder zurück sein. Ich kann Ihnen nur sagen, der Ort ist wirklich sehenswert. Nur vier Stunden von hier mit der Barkasse, ein wunderhübscher Ausflug. Sie wird sie dann also um 2 Uhr an Ihrer Gangway abholen.«
»Sie?« fragte Laura verwirrt.
»Eine von unsern Barkassen. Sie fahren ständig hin und her. Ich bin hier im Schiffahrtsgeschäft. Sie können in meinem Haus auf der Insel wohnen; ich werde antelephonieren und dem Hausboy Bescheid sagen. Er und seine Frau werden für Sie sorgen. Sagen Sie ihnen nur immer

Ihre Wünsche. Nein, danken Sie mir nicht, das ist doch gar nichts Besonderes. Ist den beiden nur gut, wenn sie ein bißchen zu tun bekommen. Sie sprechen übrigens leidlich Englisch und ein wenig Spanisch.«
»Spanisch?«
»Sie werden ja selbst sehen.«
»Aber das ist wirklich...«
»Also abgemacht«, erklärte er, »keine Widerrede!«
Und so machten wir uns auf. Um sicherzugehen, fragte ich erst noch unsern Kapitän, ob er schon einmal von diesem Mann gehört hätte – schließlich wollte ich ja nicht, daß Laura entführt würde –, und er brüllte vor Lachen.
»Du meine Güte«, rief er aus, »sein Name ist doch jedem Kind an diesen Küsten geläufig! Total verdreht, ein Krösus, und das beste Herz von der Welt. Ich kann Ihnen nur raten, nehmen Sie seine Einladung an.«
Dann machte ich Laura noch vorsorglich darauf aufmerksam, wie unsere Mitreisenden diese Sonder-Expedition auslegen könnten.
»Unser Landsmann«, sagte sie, »nahm offenbar an, daß wir verheiratet wären.«
»Ich glaube nicht, daß er überhaupt darüber nachgedacht hat. Aber all die falschen Katzen an Bord wissen doch, daß wir es nicht sind.«
»Und – macht Ihnen das etwas aus?«
»Nein, wenn Sie sich nicht daran stoßen.«
»Außerdem«, bemerkte Laura trocken, »brauchen wir ihnen ja nicht auf die Nase zu binden, daß wir die Nacht allein miteinander in einem unbewohnten Haus zugebracht haben. Sie werden annehmen, daß wir in ein Hotel gegangen sind, und das werden zwei ausgewachsene Menschen wohl noch tun dürfen, ohne Anstoß zu erregen? Wir sind ihnen schließlich ja keine Rechenschaft schuldig – überhaupt niemandem.«
Ich hatte noch ein Bedenken, von dem ich Laura jedoch

nichts sagen konnte: wenn es etwa gerade dann mit mir zu Ende ginge? Aber die Verlockung war zu groß, und so hoffte ich, das Schicksal würde mir gnädig sein.
Und von dem Augenblick an, als wir unser Schiff verließen, war mir, als hätte ein gütiger Gott – unser Engländer – uns unter seine Fittiche genommen und führte uns durch ein Märchenland. Wir waren jeder Verantwortung enthoben und brauchten uns nur leiten zu lassen. An Bord der kleinen Barkasse empfing uns die eingeborene Besatzung mit Lächeln und Höflichkeitsbezeugungen. Als Laura die Stufen zur Kajüte hinunterstieg, bemerkte ich, wie einer der Leute schützend die Hand gegen den Balken legte, damit sie sich nicht den Kopf stieße – eine Geste vollendeter Höflichkeit. Wir blieben jedoch nicht lange in der Kajüte, in die wir nur hinuntergegangen waren, weil der eine Matrose, der als Steward offenbar nur für unser leibliches Wohl zu sorgen hatte, uns dorthin geleitete. Mit bezaubernder Gastlichkeit deutete er auf die Drinks und die Zigaretten, die auf dem Tisch für uns bereitstanden. Bald waren wir, mit weichen Kissen versehen, wieder an Deck und sahen die gebirgigen Küsten an uns vorüberziehen, während das Boot sich zwischen größeren und kleineren Inseln hindurchschlängelte. Ein feiner Nebel verwischte alle Konturen und breitete einen blauen Dunstschleier über die Wirklichkeit. Auf dem Heck saß ein Knabe und sang ein kleines Lied vor sich hin, sehnsüchtig und wehmütig – er schien gar nicht zu der Barkasse zu gehören und keinen Grund für sein Hiersein zu haben – es war, als hätte sich ein Vogel zur Rast dort niedergelassen. Die Dämmerung brach herein. Ich wünschte, daß wir niemals ankämen; ich hatte nur den Wunsch, bis in alle Ewigkeit so zu verweilen zwischen Land und Wasser, in dieser wilden, schönen Traumwelt.

*

Als wir dann eintrafen, war das Haus ganz anders, als ich es mir vorgestellt hatte, sofern ich zu dem Zeitpunkt überhaupt imstande war, mir klare Vorstellungen zu machen. Die Bemerkung ›ein Krösus‹ hatte mich leicht verwirrt, und ich war auf eine Luxusvilla gefaßt, mit einer Cocktail-Bar im Salon und holzgeschnitzten Negerfiguren mit elektrischen Leuchten in den Händen. Aber es war ganz das Gegenteil, einfach bis zur Kargheit: weißgetünchte Wände, rotgekachelte Fußböden, behäbige Rohrsessel und schlichte, zweckmäßige bäuerliche Möbel. Durch die Halle und die Treppen hinauf zog der Duft brennender Räucherkerzen – das war der Orient –, aber von derselben Halle aus gab eine offene Tür den Blick auf einen rein spanischen Patio frei, auf dem große Kübel mit Camelien standen und in einem Becken ein kleiner Springbrunnen plätscherte.

»Laura«, flüsterte ich, »wo in aller Welt sind wir hier?«

Der Hausboy empfing uns mit einem breiten Lächeln von einem Ohr zum andern; seine Frau hielt sich im Hintergrund, ein unbeschreiblich zartes, gazellengleiches junges Geschöpf in einem rosenroten knöchellangen Gewand, das an jeder Seite bis zur Taille offen war und die langen weißen Seidenhosen sehen ließ. Hinter ihr drängten sich vier kleine Kinder, die, als Laura sie anlächelte, herankamen, um uns feierliche Verbeugungen zu machen. Sie kreuzten die kleinen Hände über der Brust und verneigten sich jedes dreimal mit unvorstellbarer Anmut. Der Hausboy, der sich uns als ›Tuong‹ oder so ähnlich vorgestellt hatte, stand nun in Erwartung unserer Wünsche; in einem Gemisch von gebrochenem Englisch und Spanisch schlug er uns vor, ob wir nicht noch einen kleinen Spaziergang vor dem Abendessen machen wollten, das dann, wie er sagte, zu jeder beliebigen Stunde für uns bereit wäre – um 10 Uhr, um 11 Uhr? Das war wieder Spanien! Und wir waren doch zwölftausend Meilen von Europa entfernt!

Wir wanderten in den Zauber des Abends hinaus. Die Nacht war hereingebrochen, aber der Vollmond, der nun über dem Meer aufgegangen war, tauchte die Gegend in Licht und Schatten. Wir sahen, daß unser Haus für sich allein auf einem Vorsprung stand, zwischen dunklen Pinien und geisterhaften weißen Jasminbüschen, deren schwerer Duft die Luft erfüllte. Draußen auf dem Wasser lagen die Fischerboote, unbewegt, ohne den leisesten Windhauch für ihre gewaltigen Segel, und glitzerten im Mondschein, als hätten sie einen wundersamen Fischzug von silbernen Fischen gemacht.

Wir schlenderten die Straße hinunter, die an der Küste entlangführte, eine Allee von Tamarinden, jenen seltsamen Bäumen, deren Wurzeln sich in der Luft ringeln wie graue Schlangen. Das war wieder der Orient. Die Häuser jenseits der Straße dagegen, hinter den Bäumen, hatten durchaus nichts mit dem Orient zu tun; es waren zerbröckelnde spanische Paläste, im Verfall noch schön: rosa, grün, blau und ocker bemalt, mit Wandpfeilern, Simsen, Balkonen und Balustraden geschmückt und Läden an den Fenstern. Hier und dort eine protzige Verzierung, Delphine, Blattwerk oder Seepferdchen in abblätterndem Gips und über einigen Portalen adlige Wappen.

Stille rundum – nicht eine Menschenseele. Enge Straßen, deren Häuser sich oben fast berührten, wanden sich steil den Hügel hinauf, nur von einer einzigen Laterne beleuchtet, die in einem Halter in einer Hauswand steckte – es war, als durchstreiften wir ein Dorf in Andalusien. Als wir aber durch ein schmiedeeisernes Tor in einen Patio spähten, fuhren wir erschrocken zurück, als wir dort einen Jagd-Leoparden auf und ab gehen sahen; er fauchte uns an und sprang gegen das Gitter.

Als wir an das Ende der Tamarinden-Allee kamen, befanden wir uns unvermutet auf einem geräuschvollen, hellerleuchteten Platz voller Leben und Treiben, einem Marktplatz mit all den üblichen Verkaufsbuden, beladen mit Obst, Gemüse, Blumen, Körben, Strohhüten vom Format eines Sonnenschirmes, Tüchern, Sandalen, Fischen, lebendem und totem Geflügel; dazwischen ein paar angebundene Ziegen, und die Menge, die in ständig wechselnder Buntheit hindurchflutete. Fackeln gaben ein flakkerndes Licht; ein Lautsprecher dröhnte unbeachtet und übertönte das laute Geschrei der Händler und das Zanken der Käufer. Laura legte die Hände über die Ohren, aber ich sah, daß sie lachte.

»Wo sind wir bloß hingeraten«, sagte ich, als wir entflohen.

»Gehen wir jetzt in unser Haus zurück oder noch ein bißchen weiter?«

Ich freute mich, wie sie ›unser Haus‹ sagte.

»Ach, wir wollen doch noch weiter gehen – das heißt, wenn Sie nicht zu müde sind.«

»Wie könnte ich müde sein! Dieser Abend kommt nicht wieder.«

Wir gingen weiter, und nun war es wieder still, nur von ferne tönte der Lärm des Marktes noch herüber, bis auch er verklungen war. Plötzlich stockte ich mitten auf einem einsamen Gelände.

»Sehen Sie doch!« Ich flüsterte unwillkürlich vor ehrfürchtiger Scheu.

Vor uns, auf einem Hügel, ragte die Fassade einer verfallenen Kirche auf. Wir konnten erkennen, daß es nur noch eine Fassade war, weil das Mondlicht hell durch die Fensterbögen schien. An der überladenen Ausschmückung mit Statuen und Schnitzereien, einschließlich einer vollständigen, mit einem Skelett bemannten Galione, sahen wir, daß es typisch spanischer Barock war.

Eine ungeheuer breite Freitreppe führte zu den Portalen empor, aber wir stiegen nicht hinauf. Ich glaube, wir hatten beide das Gefühl, daß man dieses stille Mahnmal besser seiner eigenen tragischen Würde überließe, unter dem Kreuz, das oben im höchsten Giebel immer noch die Arme gegen den Mond breitete, und das sich am Sternenhimmel im Kreuz des Südens wiederholte. An diesem Ort konnten wir uns nicht wie Touristen benehmen.

So drehten wir um und tauchten in einer dunklen Straße unter, der Calle de la iglesia, die zu einem freien Platz führte, an dem ein buddhistischer Tempel stand. Wir betraten den Vorhof. Die vollkommene Stille war wie die Verkörperung des Quietismus, des Strebens nach Ruhe und Passivität, der Lossagung von allem Kampf und Streit. Die Weisheit des Nichthandelns, der Geduld... Kein Blatt rührte sich. Die Luft war schwer von dem weihrauchähnlichen Duft der Räucherkerzen, deren winzige rote Spitzen das Dunkel durchbrachen unter ihren dünnen blauen senkrechten Rauchfäden.

Zwei riesige gelbe Laternen erleuchteten matt das Innere des Tempels. Auf den Stufen vor dem Altar – wenn man es so nennen kann – kniete eine Chinesin mit ihrem Kind; sie hielt seine zusammengelegten Hände am Handgelenk und bewegte sie auf und nieder, in lautlosem Gebetsunterricht. Ich kann nicht sagen, weshalb diese kindliche Geste mich so tief rührte. Vielleicht war es der Kontrast zwischen den Trümmern der christlichen Kirche und diesem lebendigen Zeugnis für die Fortdauer des Glaubens, der trotz der unterschiedlichen Auffassungen ebenso unentbehrlich für diese chinesische Bäuerin war wie früher für die hochgeistigen jesuitischen Erbauer dieser spanischen Kolonie.

*

Am nächsten Tag, als wir auf unser Schiff zurückgekehrt waren, schien es mir, als ob der Oberst mich argwöhnisch musterte.

»War der Ausflug schön?«

»Sehr schön, danke.«

Er sagte im Moment nichts weiter dazu, kam aber bald darauf indirekt noch einmal auf das Thema zurück. Laura war auf ihrer Deckwanderung gerade an uns vorbeigekommen.

»Bezaubernde Frau, Mrs. Drysdale«, sagte er und deutete mit einer Kopfbewegung in ihre Richtung.

»Ja, bezaubernd. Finden Sie das auch?«

»Kennen Sie sie schon von London her?«

»Flüchtig.«

»Erzählen Sie mir doch etwas von ihr.«

Ich weiß nicht, welcher Teufel mich ritt, ihm zu antworten: »Jedenfalls ist sie eine Frau, die nicht schwatzen muß, wenn man mit ihr durch den Wald geht.«

Der arme Oberst machte ein ganz verdutztes Gesicht.

Nachdem er bei mir auf Granit gebissen hat, ist er nun bemüht, seine Bekanntschaft mit Laura zu festigen. Sobald er sie allein an Deck sitzen sieht, zieht er seinen Stuhl heran und pflanzt sich neben sie, sogar wenn sie ein aufgeschlagenes Buch auf dem Schoß hat. Ich stand noch so unter dem wohltuenden Einfluß des Abends, den Laura und ich allein miteinander verbracht hatten, daß ich zunächst kaum bemerkte, wie er sich eindrängte. Als wir in ›unserm‹ Haus beim Abendessen saßen, und nachher, bei unseren Gesprächen, die ich nur als vollkommene Seelengemeinschaft empfinden konnte, hatte ich, der niemals Verlangen nach Häuslichkeit verspürt hatte, ihren eigenen Reiz gekostet. Ich hatte mich so sicher gefühlt, nahezu wunschlos. Jetzt aber, wenn ich sehe, wie sie zu ihm auflächelt, mit dem gleichen Lächeln, das sie für mich hat, dann durchfährt mich stechend ein merkwürdiger Groll. Ich hatte mir eingebildet, daß sie an meiner Gesellschaft besonderen Gefallen fände – nun fragte ich mich, ob sie allen Männern gefallen wollte. Eine bezaubernde Frau... Gehörte es nicht zu einer bezaubernden Frau,

jeden Mann für den Augenblick glauben zu lassen, daß er der Erkorene sei?
»Finden Sie nicht, daß der Oberst ziemlich langweilig ist?«
»Oberst Dalrymple? Aber nein, ich finde ihn sehr nett. Ein gerader Charakter. Und so gut aussehend.«
»Wie kommen Sie darauf, daß er ein gerader Charakter ist?«
»Ach, das merkt man doch gleich. Und so verläßlich. Bei einem Schiffbruch könnte man sich bestimmt auf ihn verlassen.«
»Schiffbrüche ereignen sich so selten im Leben – für den Hausgebrauch ist es mir lieber, wenn die Leute amüsant sind.«
Ich bin ganz verstört über diesen Aufruhr in meinem Innern, wenn ich sehe, wie der Oberst um Laura herumschwänzelt. Nun, da sie mich aufmerksam gemacht hat, finde ich auch, daß er wirklich gut aussieht. Ich beobachte sie, wenn sie zusammen an Deck promenieren, ein stattliches Paar, er größer als sie, obwohl sie schon groß ist für eine Frau, und beide so schlank und elegant. Und dabei so unverkennbar englisch. Bestes Englisch. Da komme ich, der Mann aus dem Volke, mir vor wie ein Rauhhaarterrier neben einem Windspiel. Hat Laura mich die ganze Zeit über nur freundlich geduldet? Ich kenne ja ihr gutes Herz, denn als ich sie einmal fragte, welche Eigenschaft sie am höchsten schätze, antwortete sie ohne zu zögern: »Mitleid.« Sie kann ihr Mitleid für die aufsparen, die nicht zu stolz sind, es anzunehmen!
Aber welches Recht habe ich, ihr Verhalten so unter die Lupe zu nehmen oder gar zu bekritteln? Es ist schließlich nur natürlich, daß sie den Umgang mit Menschen ihrer Gesellschaftsklasse vorzieht... Und trotz allem werde ich den Ton ihrer Stimme nicht los, in dem sie sich nach jenem glücklichen Abend auf der Insel zur Nacht von mir

verabschiedete. »Gute Nacht, Laura«, hatte ich gesagt, und sie erwiderte: »Gute Nacht, lieber Edmund, schlafen Sie gut.« Konventionelle Worte, gewiß, aber da war echte Zuneigung in ihrem Ton und in dem Blick, den sie mir schenkte. Vielleicht bin ich von da an unbewußt besitzergreifend in meinen Gedanken geworden, nur zu geneigt, sie als meine Freundin, meine Laura zu betrachten, auf die niemand anders ein Anrecht hatte. Ich war so fest entschlossen gewesen, keine Ansprüche an sie zu stellen oder in irgendeiner Weise ihr Mitgefühl zu erwecken; mein einziges Verlangen war, in diesen wenigen letzten Wochen ständig mit ihr zusammen zu sein und die Freude ihrer Gesellschaft zu genießen. Doch ein bescheidener Wunsch. Nun sehe ich mich enttäuscht – oder übertreibe ich? Ich darf mir nicht erlauben bitter zu werden. Ich darf nichts Bissiges sagen über diesen Mann, dieses gesunde Tier. Ich hatte meine Liebe immer für selbstlos gehalten, schön und erhaben wie ein Berg und ebenso zwecklos; jede Kleinlichkeit würde ihrer Reinheit schaden. Ich will sie mir unversehrt bewahren bis zum letzten.

*

Wir haben viel Spaß an den Gerüchten, die sich mit Windeseile an Bord verbreiten und dabei immer weiter aufgeblasen werden, wie riesige Luftballons, bis einer kommt, der hineinsticht.

Als wir heute morgen auf einen Lotsen warteten, der sich verspätete, hatten wir ein besonders köstliches:

»Warum werden wir festgehalten?«

»Sie meinen, warum wir anhalten?«

»Ja, anhalten. Warum anhalten Schiff?«

»Es heißt, ein Mann ist über Bord.«

»Der Erste Offizier...«

»Haben Sie gehört? Der Erste Offizier ist über Bord...«

»In diesen Gewässern sind doch Haifische...«
»Haben Sie schon gehört? Ein Hai hat den Ersten Offizier am Bein gepackt, als er gerade auf das Fallreep wollte.«
»Bitte, nein. Das ist nicht recht. Wir warten, weil der Botschafter aus Vietnam rückständig ist.«
»...?«
»Er meint, zurückgeblieben ist.«
»Zurückgeblieben ist doch rückständig, nicht? Nein? Nicht dasselbe?«
»Nicht ganz dasselbe, Mr. Brown.«

*

Wieviel man noch zu lernen hat, und wie wenig Zeit mir zum Lernen bleibt. Eine Stelle aus dem Brief eines verliebten Jungen fiel mir wieder ein: ›Sie kennen es sicher, wie manchmal, wenn man den Menschen, den man liebt, betrachtet, ohne daß er es weiß, die ganze Liebe zu ihm in einem aufwallt, besonders, wenn er schläft.‹
Nein, ich kannte das nicht. Ich erinnere mich, daß ich für diesen grammatikalisch nicht ganz einwandfreien Herzenserguß meines jungen Freundes nur ein gönnerhaftes Lächeln hatte. Die meisten Menschen, dachte ich, schlafen doch mit offenem Munde, so weit offen, daß man versucht ist, ihnen eine Semmel hineinzustecken, und viele – oh, schlimmste aller menschlichen Entwürdigungen – schnarchen sogar. Heute weiß ich es besser, denn ich habe Laura zufällig einmal schlafend angetroffen. Das Buch war ihr aus der Hand geglitten; ganz entspannt lag sie da, in der gelösten, anmutigen Haltung der Unschuld. All die gewohnte Beherrschung war von ihr abgefallen, all ihre Abwehr verschwunden. Ihre ganze Verletzlichkeit offenbarte sich mir, gerade so, als ob ich sie, verlassen und in Tränen, heimlich belauscht hätte. Es war nicht nur die Gelöstheit ihres Körpers, die mich rührte, sondern das

Durchschimmern ihres eigentlichen Wesens, das sonst ihr sicheres Auftreten verdeckt. Das war Laura, die Frau, auf die ich hinunterblickte, nicht die Dame der Gesellschaft.
Und wie ich so mit überquellendem Herzen auf sie niederschaute, verlor ich mich gefährlich im Ausmalen des Reichtums, den sie dem Manne, den sie liebte, schenken könnte: Treue, liebende Fürsorge, Heiterkeit, Kameradschaft, Zärtlichkeit, Leidenschaft... Eine Laura, die kennenzulernen mir niemals vergönnt sein würde.
›Fahrwohl, Du Engel, unerreichbar meinen Armen...‹
Alles, was mir bleibt, ist die Erinnerung an jenen kurzen Augenblick, in dem ich sie spürte – ja, spürte ist das rechte Wort – nicht anders, als wenn sie im Sternenschimmer schlafend in meinen Armen gelegen hätte.
Diese Vision in all ihrer schirmenden Milde muß ich in meiner Seele bewahren, denn mit Bestürzung merke ich, wie eine zunehmende Bitterkeit mich überkommt. Kann Liebe so den Charakter verändern? Ich dachte, daß ich der Versuchung Herr geworden wäre, herabziehende Bemerkungen über den Oberst zu machen – obwohl ich mir weiß Gott genug dergleichen ausgedacht hatte in den langen Stunden dieser schlaflosen Nächte. Abgesehen davon, daß ich auf diese Weise meinem Ärger etwas Luft machte, fand ich es auch unterhaltsam als Spiel, fast wie ein geistiges Training, denn die Zielscheibe meines Spottes war ganz offenkundig ein so anständiger Kerl, daß es meiner ganzen Erfindungsgabe bedurfte, ihn einigermaßen glaubwürdig zu verulken. Ich wäre bei weitem ein dankbareres Objekt für so etwas bei meinem Ungeschick und meiner untersetzten Figur. Ich könnte mir gut vorstellen, wie er Laura, nicht einmal unbedingt mit spöttischem Lächeln, fragte: ›Wo ist denn Ihr hochgeistiger Freund heute morgen?‹ Immerhin, bilde ich mir ein,

würde er in einem ironischen Wortgefecht übel abschneiden.
Doch was konnte ich an ihm finden? Er bietet keine Angriffsflächen. So greife ich zu sinnlosen kindischen Sticheleien, wie ein Schuljunge, der auf einen tüchtigeren, ein Klassen-Idol, neidisch ist. ›O ja‹, sagte ich etwa, ›er ist wirklich ein zauberhafter Typ, sogar der Name: Mervyn Dalrymple. Wie kann man schon einen Mann ernst nehmen, der Mervyn Dalrymple heißt! Das klingt doch geradezu nach der Ouida, meine liebe Laura – ein Phantasiename, wie von einer Romanschriftstellerin ersonnen. Und er paßt zu ihm; er sieht ganz danach aus, und er gibt sich auch so...‹ Das ist durchaus nicht wahr; er wäre der letzte, der sich jemals besonders ›gäbe‹. Er ist lauter und ungekünstelt durch und durch, und so bescheiden, daß er, wenn er das Victoria-Kreuz hätte (das er vielleicht sogar hat), sich alle Mühe gäbe, das zu verbergen.
Ich könnte mir vorstellen, daß ich mich selber in ihn verliebte, wenn ich dazu neigte, was nicht der Fall ist. Wie verdreht, daß mir überhaupt so eine Idee kommt!
Ich werde ja wahnsinnig...
Ich muß damit Schluß machen...
Schluß, Schluß, Schluß!
Aber ich kann es nicht. Ich ertappe mich sogar, wie ich mich in noch Schrecklicherem ergehe: In lautlosen Monologen an Laura, in denen ich die ganze nutzlose, genießerische, eitle Welt, die sie vertritt, herunterreiße. ›Was bist du und deinesgleichen schon wert‹, sage ich, ›Flittergold am Weihnachtsbaum, Zauberkugeln, die die Wirklichkeit auf den Kopf gestellt widerspiegeln. Ihr verführt die Männer mit stillschweigenden Versprechungen, die ihr niemals zu erfüllen beabsichtigt. Und was wäre denn schon die Erfüllung, wenn ihr euch wirklich einmal entschließen solltet, diese Versprechen einzulösen? Eine Nacht voll trügerischer Wonnen! Ach, geh – nicht in ein

Kloster – in einen Harem! Bringe deine Tage auf einem Diwan liegend zu, Süßigkeiten essend, immer dicker werdend und mit deinen Rivalinnen über Liebestränke und Aphrodisiaca plaudernd. Du bildetest dir ein, ich liebte dich? Oh, nein, mich verlangte nur nach deinem Körper. Ein Mann hat anderes im Kopf als Liebeständelei!‹ Und so geht es fort und fort, bis ich in meiner Phantasie die Befriedigung auskoste, sie zum Weinen gebracht zu haben.
Am andern Morgen dann, wenn ich ihr begegne und sie mich mit ihrer gewohnten Freundlichkeit begrüßt, komme ich wieder zur Vernunft und fühle mich wie ein Judas, wenn ich an die gehässigen Dinge denke, die ich in der Nacht zu ihr gesagt habe, und von denen sie in ihrer Unschuld nichts ahnt.

*

Wo sind denn meine Vorsätze, mit denen ich auf diese Reise ging? Ich hatte mir gesagt, ›wenn die Feuer verlöschen und die Wünsche vergehen, dann stiehlt sich der Geist fort und geht aus, schöne und heitere Bilder zu suchen, und er findet sie überall in der Welt, in dem fallenden Stern, wie in dem winzigen Glühwürmchen.‹ Das Feuer meines Ehrgeizes war erloschen, ich hatte allem entsagt, und mein einziges Sehnen ging dahin, schöne und heitere Bilder einzufangen, wie sie mir bei dem entgegengesetzten Leben, das ich geführt hatte, so lange verborgen geblieben waren. Dieser Wunsch hatte immer in mir geschlummert. Nun scheint es, daß selbst die zarte Schönheit einer reinen Liebe besudelt werden muß.

So schmilzt die Seele mir, und meines Herzens tiefster
Schatz
Tropft blut'ge Perlen, ach, die einz'gen Tränen,

die meinem Schmerze angemessen sind.
Laß diesen Kelch an mir vorübergeh'n, so es Dein Wille ist.
War je ein Gram dem meinen gleich?

*

Wie das Gespräch zwischen Laura und mir auf die Ehe kam, weiß ich nicht mehr genau. Wir fuhren auf spiegelglatter See und sahen die Sonne langsam im Westen untergehen. Wir hatten, glaube ich, von gemeinsamen Freunden gesprochen, die sich kürzlich hatten scheiden lassen, und Laura bemerkte, es sei doch erstaunlich, wic viele Menschen es verstünden, ein so schwieriges Unternehmen wie die Ehe erfolgreich zu gestalten.
»Die meisten Leute«, entgegnete ich, »würden gerade das Gegenteil behaupten.«
»Ich denke dabei ja nicht an eine ununterbrochene Verzückung die ganzen Jahre hindurch«, erwiderte sie, »ich finde es schon erstaunlich, daß eine Verbindung all die Gereiztheit verträgt, die sich bei einem so engen Zusammenleben zweier selbständiger Persönlichkeiten ergibt. Gewöhnlich hat doch einer von beiden die Oberhand, und es muß für den Unterlegenen nicht leicht sein, das hinzunehmen.«
»Manchen Frauen gefällt das sogar – und in 95 von hundert Fällen ist ja die Frau die Unterlegene.«
»Aber nehmen wir einmal die Frauen, die das nicht mögen«, wandte sie ein und sah mich ernst an. »Sollte es denn nicht möglich sein, daß ein Mann und eine Frau ihr Leben gleichberechtigt miteinander teilen, wie etwa zwei Männer oder zwei Frauen? So daß jeder seinen eigenen Weg geht und sie, wenn sie dann wieder zusammenkommen, sich gegenseitig durch ihre verschiedenen Erlebnisse bereichern?«

Ich überlegte gerade, ob sie dabei wohl an ihre eigene Ehe dachte, als sie unvermittelt fortfuhr:
»Tommy fiel im Krieg, wissen Sie, und ich bin nun schon so lange Zeit ungebunden, daß ich vielleicht kein rechtes Urteil habe.«
Ich war nicht sicher, wie ich das verstehen sollte. Ich wußte sehr wenig von Tommy Drysdale, nur eben, daß er ein guter Soldat gewesen war und Krickett für seine Grafschaft spielte. Und Laura ist ja nicht der Mensch, der einen zu persönlichen Fragen ermutigt.
»Ich habe Ihren Mann nie kennengelernt«, sagte ich etwas unbeholfen.
»Nein, das konnten Sie auch kaum. Tommy machte sich nichts aus Menschen, wie Sie und ich sie mögen. Sie würden sich amüsieren, bei was für Leuten ich in jener Zeit verkehrte. So ehrenwert! So unfehlbar! Jeder Gedanke am rechten Platz! Ich nannte diese Leute im stillen die Stammtischpolitiker.«
»Ja, aber warum haben Sie sich dann da gefügt«, entfuhr es mir, »bei Ihren Ansichten über die Unabhängigkeit in der Ehe? Sie scheinen wie Montaigne zu denken, die Ehe sei ein Verein, bei dem nichts frei ist außer dem Eintritt – alles Weitere aufgedrungen und erzwungen.«
»Ich war damals noch ein gut Teil jünger«, sagte sie, ziemlich traurig, wie mir schien.
»Nicht etwa, daß ich Tommy nicht liebgehabt hätte«, begann sie von neuem. »Ich erkannte alle seine guten Eigenschaften an, ich bewunderte seinen Mut und war sogar sehr verliebt in ihn, als wir heirateten. Nur war ich eben viel zu jung und unerfahren, um mir darüber klar zu sein, wie herzlich wenig wir zusammenpaßten. Um dahinterzukommen, brauchte ich ein ganzes Jahr.«
Es war das erste Mal, daß Laura von sich selber sprach. Gern hätte ich sie gebeten, mir mehr von sich zu erzählen, aber ich fürchtete, sie damit zurückzuschrecken.

»Nun wissen Sie«, fuhr sie nach einer Pause fort, »weshalb ich soviel über die Ehe nachgedacht habe und zu eigenen Schlüssen gekommen bin. Tommy hätte mir nie erlaubt, ohne ihn auf Gesellschaften zu gehen, und was das Thema eigene Freunde angeht... Einmal hatte ich dennoch einen jungen Geiger zu uns eingeladen; nach dem Essen spielte er Stunden um Stunden für uns – und alles, was Tommy nachher von ihm zu sagen hatte, war, daß er sich mal die Haare schneiden lassen müßte!«

»Arme Laura.«

»Ach, ich war eigentlich nicht zu bemitleiden, und ich möchte auch nicht, daß Sie mich für treulos halten – Tommys Andenken gegenüber, meine ich –, ich wollte nur erklären, wie ich zu dieser leidenschaftlichen Freiheitsliebe gekommen bin. Ich kann nun einmal die Herr-und-Frau-Noah-Einstellung zur Ehe nicht vertragen: ›... und die Tiere gingen zu Paaren hinein, um auf ewig zusammengekettet zu sein.‹ Das lehne ich für andere ebenso ab wie für mich selbst – ich empfinde es als persönliche Entwürdigung.«

»Sie betrachten die Menschen zu sehr als Einzelwesen, glaube ich. Das ist mir schon aufgefallen.«

»Ich schätze die Freiheit für jeden persönlich genau so hoch ein wie Sie etwa die Freiheit für – soll ich sagen, für die Presse?«

Ich lachte.

»Die Presse ist für mich vorbei. Jetzt bin ich mehr für Salzwasser als für Tinte!«

»Aber Sie werden doch wieder zu ihr zurückkehren, nicht wahr, Edmund? Wie sollte die britische Öffentlichkeit auskommen, ohne daß Sie ihr sagen, was sie denken soll...?«

»Lassen wir die britische Öffentlichkeit – mich interessieren viel mehr Ihre Ansichten über die Ehe. Das ist ein Thema, dem ich noch keine besondere Aufmerksamkeit geschenkt habe. Sagen Sie mir Ihr Rezept für eine gut funktionierende Ehe.«

Sie hob die Hand und zählte die einzelnen Punkte an den Fingern her:

»Gegenseitige Achtung. Selbständigkeit, wie ich schon sagte, sowohl in bezug auf Freunde als auch auf Bewegungsfreiheit. Getrennte Schlafzimmer – aus ästhetischen Gründen. (Sie kennen das sicher, wie eine zufällige Äußerung im Gedächtnis haftenbleibt und unsere Anschauungen nachhaltig beeinflussen kann? So hörte ich als junges Mädchen einmal, wie jemand das etwas sehr kraß formulierte: ›... ausgekämmte Haare auf dem Waschwasser...‹ – ich habe das nie vergessen.) Getrennte Wohnzimmer, wenn das Haus groß genug ist. Getrennte Finanzen. Nun bin ich mit meinen Fingern am Ende.«

»Und wie ist es mit gemeinsamen Interessen?«

»Schön, aber nicht so wesentlich. Unbedingt erforderlich ist es dagegen, daß beide Partner die gleichen Wertbegriffe haben.«

»Sie meinen, daß man über dieselben Sachen empört ist oder umgekehrt?«

»Genau das. Und auch, daß man über das gleiche lachen kann.«

»Und wie ist es mit der Treue? Soll die gleiche Freiheit, die für den Geist gilt, auch für den Körper gelten?«

Sie zögerte. »Dafür kann man keine Regeln aufstellen. Das hängt ganz vom Partner ab, möchte ich sagen. Ich finde nur, man muß unbedingt vermeiden, dem andern weh zu tun; das ist eine grundlegende Voraussetzung beim Eingehen einer Ehe. Schließlich habe ich ja auch, so gut es ging, nach diesem Grundsatz gelebt; ich habe nie gegen Tommys konventionelle Begriffe verstoßen, weil ich wußte, es täte ihm weh, und weil ich mich nicht ganz und gar von ihm trennen wollte und einsah, daß ein Kompromiß da nicht möglich war.«

»Wie lange hätten Sie das durchhalten können?«
Sie zuckte die Achseln.
»Das habe ich mich selbst oft gefragt. Wenn man älter wird und bewußter, ist man weniger geneigt, sich aufzuopfern, sofern man nicht gerade ein halber Heiliger ist, und das bin ich nicht. In meinem Falle griff jedoch das Schicksal ein: Tommy fiel, und damit waren alle Probleme gelöst, vor die ich vielleicht einmal gestellt worden wäre. Habe ich Sie nun schockiert mit meinen unweiblichen Anschauungen?«
»Nicht im geringsten. Und ich wüßte viele Männer, denen es sehr gut täte, sie sich anzuhören.«
»Worüber lächeln Sie dann so?«
»Über einige Ihrer Voraussetzungen, meine Liebe. Getrennte Schlafzimmer, getrennte Wohnzimmer... In dem kleinen Häuschen, in dem ich geboren wurde, gab es nur zwei Schlafzimmer und einen Wohnraum, der gleichzeitig Küche war. Wenn mein Onkel zu Besuch kam, wurde ich aus meinem Zimmer ausquartiert und schlief in einem Notbett auf dem Treppenabsatz. Im übrigen war meine Schlafkammer auch kaum geräumiger als ein großer Schrank.«
Sie schien ein wenig verlegen.
»Ich dachte an die Leute, die wir beide kennen«, sagte sie. »Für Menschen, die... die so leben, wie Sie es beschreiben, gelten wohl andere Maßstäbe. Ich denke mir, ihre Ansprüche sind vielleicht bescheidener als unsere. Der Mann verdient das Geld, und die Frau hat sich um Haus und Kinder zu kümmern und zu kochen. Sie sind durch eine Notwendigkeit aneinander gebunden, die sie auch nicht im Traum in Frage stellen.«
»Hm. Nun ja, bleiben wir also bei den Wohlhabenden. Aber Sie haben in dieser ganzen Diskussion einen wesentlichen Faktor völlig unberücksichtigt gelassen: Liebe.«
»Ja, Liebe...«, ihre Stimme nahm einen warmen Ton an

und schien um eine Oktave tiefer, »wenn Sie wissen wollen, wie ich darüber denke, will ich es Ihnen sagen. Es war ein Narr und ein Zyniker, der da behauptete, die große Liebe käme nur zwei- oder dreimal in einem Jahrhundert vor. Es gibt doch nichts Schöneres auf der Welt als die Vereinigung zweier Menschen, deren Liebe zueinander sich mit den Jahren vom kleinen Samenkorn der Leidenschaft zu einem großen, festverwurzelten Baum auswächst, der allen Stürmen des Lebens standhält, und in dessen vollem Geäst jedes einzelne Blatt seine besondere Bedeutung hat. Gibt es nicht eine Stelle bei Homer über solche Liebe, die eine Herzensfreude für die Betreffenden und für ihre Freunde eine Quelle des Ärgers ist?«

»Ja, so ungefähr – nur haben Sie Homer verbessert. Er kannte keine Ironie. Bei ihm heißt es, eine Freude für ihre Freunde. Ihre Psychologie ist spitzfindiger als die seine.«

»Jedenfalls bleibe ich dabei«, sagte sie, »daß man zu so einer Liebe nur bei gegenseitiger Achtung und persönlicher Freiheit gelangt. Warten Sie – ich will Ihnen etwas zeigen, das ich noch nie jemandem gezeigt habe. Ich las es einmal, ich weiß nicht mehr wo, und schrieb es mir ab, und seitdem benutze ich es ständig als Lesezeichen. Lesen Sie einmal...« Und ich las:

Liebet einander, doch macht keine Fesseln aus Eurer Liebe.
Füllt einander die Becher, doch trinkt nicht aus einem Becher.
Wahrt Abstand in Euerm Zusammensein,
Daß die Winde des Himmels Euch umspielen können.
Singt und tanzt zusammen und seid fröhlich,
aber laßt auch jeden von Euch für sich allein sein,

Wie die Saiten der Laute jede für sich sind,
wenn sie auch zu der gleichen Musik erbeben.
Steht zusammen, doch nicht zu nahe zusammen;
Auch die Säulen des Tempels stehen für sich allein,
Und die Eiche und die Zypresse wachsen nicht eine im Schatten der anderen.

»Sehen Sie nur«, rief Laura, als ich ihr das Blatt zurückgab, »die Sonne geht schon unter, wollen wir nicht nach unserm grünen Leuchten Ausschau halten? Der Himmel ist klar, es müßte heute abend eigentlich besonders schön zu sehen sein.«
Der Himmel war wirklich ganz klar, von einem blassen Blau, in dem nur wenige rosa Wölkchen schwebten. Und mit der Umdrehung der Erde sank die Sonne, in einer Schnelligkeit, die mich immer wieder von neuem überraschte. Jetzt berührte sie den Horizont – nun war sie nur noch halb zu sehen – nun war sie verschwunden – und nun kam das grüne Leuchten. Laura klatschte wie ein Kind in die Hände.
»Wie konnten Sie es nur mit Jade vergleichen? Da traf ich es mit Smaragd doch weit besser.«
»Wenn ich mich recht erinnere, sagten Sie, nennen wir es grün wie die Eifersucht, und damit gut.«
»Und Sie erwiderten darauf, was Eifersucht sei, hätten Sie nie erfahren.«
»So? Kaum zu glauben...«

*

Nach dem Dinner wird an Deck getanzt, unter bunten Lichterketten, die mit dem Vibrieren des Schiffes leise mitschwingen. Ich kann nicht tanzen, habe es nie gekonnt – dazu bin ich wohl zu schwerfällig. Die eifrige Engländerin ergreift die Gelegenheit, als ›Damenwahl‹ ausgerufen

wird, mich neckisch zu überreden: »Ach, los, Mr. Carr, seien Sie doch nicht so schüchtern!« Brrr!
Laura, die sehr begehrt ist, tanzt meist mit dem Oberst. Er kommt und fordert sie auf, als sei es eine Selbstverständlichkeit, daß sie mit ihm tanzt. Sie erhebt sich und liegt dann so hingegossen in seinem Arm, als wären sie beide füreinander geschaffen. Da gehe ich in die Bar...

*

Kinder fühlen sich sehr zu Laura hingezogen. Sie scheint ihnen keine besondere Aufmerksamkeit zu schenken, aber ich habe beobachtet, wie die Kleinen sich näher und näher an sie heranpirschen, wenn sie an Deck sitzt und liest – wie kleine Tiere, die von einem verlockenden Duft angezogen werden. Schließlich legt sie auch ergeben ihr Buch beiseite und schaut rundum in die kleinen Gesichter: »Na, was wollt ihr denn?« Dann kommen sie noch dichter heran, und das Mutigste klettert auf ihren Schoß, und dann läßt Laura die Kinder mit den vielen Glücksanhängern an ihrem Armreif spielen, den sie um das Handgelenk trägt. Ich hatte auch schon öfter einen verstohlenen Blick auf diese Amulettchen geworfen und mich gefragt, ob wohl jedes von ihnen das Geschenk eines Liebhabers sei... Die Kinder fragen, im Gegensatz zu mir, nicht danach, woher die Anhängsel stammen, sondern nehmen sie so, wie sie sind. »Was ist das, Mrs. D'ysdale?«, und dann erzählt Laura mit nie erlahmender Geduld von jedem eine Geschichte. Dieses Spiel wird den Kleinen nie zu viel. Kinder vertragen ja unendlich viele Wiederholungen, und jede Abwandlung wird sofort übel vermerkt: »Voriges Mal haben Sie das anders gesagt, Mrs. D'ysdale, erzählen Sie uns das nochmal genau so wie das letzte Mal!«
»Oh, Robert, wie dumm von mir; diesmal werde ich es

aber richtig machen. Siehst du, Robert, vor langer, langer Zeit war dieser kleine Elefant ein echter lebendiger großer Elefant; er schleppte dicke Baumstämme mit seinem Rüssel im Dschungel und arbeitete so schwer, daß ein lieber, guter Zauberer schließlich meinte, er hätte nun ein Ruheplätzchen verdient. Und so verwandelte er ihn in diesen winzigen Elefanten, den ich an meinem Armband tragen kann.«

»Und was ist das, Mrs. D'ysdale?«

»Ach, das ist ein kleiner Tümmler. Dem wurde es zu langweilig, immer im Meer herumzuschwimmen, und so fragte er seinen Zauberer, ob er nicht auf ein großes Schiff kommen und sich zu Ländern tragen lassen könnte, die er noch nie gesehen hatte. Sein Name ist Delfino.«

»Delfino! Ist das aber ein komischer Name!«

»Ich war mal in einem Restaurant in Neapel, das hieß Delfino«, fiel überlegen ein größerer, etwa achtjähriger Junge ein; aber davon wollten die andern nichts hören.

»Mrs. D'ysdale, erzählen Sie mal von dem hier!«

»Das ist eine Münze, ein Goldstück. Könnt ihr sehen, das ist der Kopf von König Karl I. Ach, der arme König Karl, dem wurde der Kopf abgeschlagen.«

»Ach, und nun haben Sie den Kopf an Ihrem Armband?«

»Ist das echtes Gold?«

»War er ein ungezogener König?«

»Natürlich, du Dummchen. Das habe ich in der Schule gelernt aus den Geschichtsbüchern. Sonst hätten sie ihm doch nicht den Kopf abgeschlagen.«

»Und was ist das, bitte?«

»Das hier?« sagte Laura, »das nennt man das Kreuz der Befreiung.«

»Warum?«

Ich konnte jedoch nicht mehr hören, welche Erklärung Laura sich für das Befreiungskreuz ausdachte, denn ich

ging weiter, in Gedanken versunken, was in aller Welt sie wohl getan haben mochte, um sich das zu verdienen.
Da ist ein kleiner gelähmter Junge, dem sie sich täglich besonders widmet. Sie liest ihm vor, erklärt ihm die Bilder in den illustrierten Zeitschriften und läßt ihn mit ihrer Repetier-Uhr spielen, an deren hellem Geläut er seinen Spaß hat. Seine Beine sind geschient, er wird in einem Rollstuhl gefahren, und nur wenn er gestützt wird, kann er kümmerlich und schwankend ein wenig gehen. Wenn kein Seegang ist und das Schiff ruhig liegt, unternehmen die große schlanke Laura und dieser grotesk humpelnde Zwerg mühselige Wanderungen an Deck. Sie spricht ihm Mut zu, obwohl sie ganz genau weiß, daß er die Gewalt über seine Beine niemals wiedergewinnen kann. Sie unterrichtet ihn auch im Zeichnen, denn seine Arme und Hände sind nicht in Mitleidenschaft gezogen, und er zeigt ein gewisses Talent, das, wie sie meint, weiterentwickelt werden sollte. »Denk nur, Peter«, ermuntert sie ihn, »du kannst einmal ein berühmter Architekt werden und den Leuten schöne Häuser zum Wohnen bauen.« Dann strichelt er mit Ausdauer für sich allein weiter und zeigt ihr am nächsten Tag stolz und ein wenig ängstlich die Zeichnungen, die er gemacht hat.
Seine Mutter kann gar nicht genug staunen, wie Laura es verstanden hat, sein Vertrauen zu gewinnen.
»Seit seiner schweren Krankheit vor einem Jahr, durch die er so hilflos wurde«, erzählte sie mir, »hat er kaum noch mit jemandem außer uns gesprochen, als schämte er sich, nicht so zu sein wie andere Jungen. Er wurde ganz verschlossen und hatte für nichts mehr Interesse. Ich hatte das Gefühl, es sei innerlich etwas in ihm zerbrochen. Aber Mrs. Drysdale hat ihn geradezu von neuem zum Leben erweckt. Ich hoffe nur, er bekommt keinen Rückfall, wenn er nicht mehr mit ihr zusammen ist. Wir

leben auch in London, und sie sagt, sie würde ihn besuchen. Glauben Sie, daß sie das tun wird?«

»Wenn sie es versprochen hat, bin ich fest davon überzeugt.«

Wie selbstsüchtig – es gibt mir immer einen Stich, wenn ich höre, wie Menschen Pläne machen für eine Zukunft, die ich nicht mehr erleben werde.

Wie engherzig man doch ist!

*

Laura ist voller Entrüstung.

»Diese Ungerechtigkeit!«, stößt sie hervor. »So ein unschuldiges Kind – und sein ganzes Leben zerstört! Weshalb nur, Edmund? Man hat doch nur ein Leben. Womit hat er das verdient?«

»Miss Corcoran würde sagen, er büßt die Sünden aus einer früheren Existenz ab.«

»Zum Teufel mit Miss Corcoran. Wie grauenvoll sind mir diese Leiden und Enttäuschungen, wie wenig verstehe ich ihren Sinn. Überhaupt, den Sinn jeden Leides. Für mich ist es ebenso wie das Böse – schändlich, unnötig, grausam.«

»Der liebe alte Priester dort drüben würde Ihnen erklären, daß Gott es als Prüfung schickt zu unserm Wohle. Gott ist die Liebe, Gott ist gerecht, Gott ist barmherzig. Sehen Sie irgendeine logische Berechtigung in diesen Thesen? Finden Sie irgendeine Bestätigung dafür? Alles spricht doch nur dagegen. Güte, Liebe, Gerechtigkeit und Barmherzigkeit! Guter Gott! Ja – warum sagt man ›Guter Gott‹ als Ausruf? Genauso könnte man sagen Böser Gott oder Gleichgültiger Gott oder einfach nur Gott oder auch ›Od‹ – was vielleicht die beste Form der Anrede für unsere unbegreifliche Gottheit wäre.«

»Nun seien Sie aber schon still, Edmund, und hören Sie auf, mich mit Ihren Wortspielen zu verwirren! Ich hatte

nicht die Absicht, eine theologische Diskussion heraufzubeschwören. Ihr lieber alter Priester da drüben muß ja sehen, wie er sich aus dem Dilemma herauswindet. Und ich glaube schon, daß wir alle, wenn wir in das mittlere Alter kommen, eine Strafe verdient haben. Aber ein Kind doch nicht! Nehmen wir einmal an, Edmund, Sie oder ich wären plötzlich von einem solchen Schicksal heimgesucht – wir könnten uns doch sagen, daß wir unser Leben gelebt haben, daß wir es genossen und nutzten, und daß wir bereit sind, für unsere Missetaten zu büßen. Jedenfalls würde ich versuchen, das zu meiner Philosophie zu machen und mich nicht aufzulehnen – ob mir das allerdings gelänge, kann ich nicht sagen.«
Ach, sie ahnt nicht, welche Ironie darin liegt, daß sie gerade mir das sagt... Trotzdem – diese Worte sind gut und heilsam für mich. Ich habe mein Leben gelebt, habe es genossen und genützt und sollte deshalb nicht murren, wenn mir das Letzte, Höchste vorenthalten bleibt.
»Wie würden wir es tragen?« fuhr sie fort. »Dieses Unsichtbare, das unaufhörlich an uns nagt. Die Gewißheit, daß unser Leben vorzeitig endet... Würde nicht unsere ganze Denkweise dadurch verändert? Würde man nicht zu ganz neuen Wertmaßstäben kommen? Würde man es irgendeinem Menschen anvertrauen?«
»Ich glaube nicht, daß man es jemandem anvertraute«, erwiderte ich. »Man würde sich in einen einsamen Winkel verkriechen und abwarten...«
»Und doch halte ich das nicht für so furchtbar wie das Schicksal dieses unglücklichen Knaben«, sagte sie. »Er hat doch noch sein ganzes Leben vor sich, das für ihn ein einziges, ständiges Versagen all dessen bedeutet, das ihm bei normaler Gesundheit beschieden wäre. Aber wenigstens ist er von Schmerzen verschont. Schmerzen sind etwas so Entsetzliches, Edmund; ich habe es so oft mit ansehen müssen – ich kann Ihnen nicht sagen, wie nahe

mir das geht. In diesem Punkt bin ich wirklich schon nicht mehr normal«, fügte sie mit einem leisen Lächeln hinzu.

»Sie denken an den Krieg? Waren Sie als Schwester tätig?«

»Eine Zeitlang.«

»In England?«

»Ja, und in Frankreich. – Aber jetzt muß ich gehen und mich zum Essen umziehen.«

Offenbar war sie nicht gewillt, noch weiter darüber zu sprechen; und wenn ich auch voller Neugierde war, so mochte ich sie doch nicht drängen.

Ich wagte nicht, sie zu fragen, ob sie selbst Kinder hatte – um nicht etwa an einen tragischen Vorfall aus ihrem Leben zu rühren. Es könnte ja sein, daß sie ein kleines Kind sehr früh durch den Tod verlor, und ihr Interesse an dem kleinen leidenden Jungen nicht ganz objektiv war; oder daß sie Kinder hat, die sich unerfreulich entwickelten, und daß es zu schmerzlich für sie wäre, auf dieses Thema einzugehen. Angenommen, sie ist jetzt vierzig Jahre alt und hat mit achtzehn geheiratet, dann könnte sie gut schon einen erwachsenen Sohn oder eine erwachsene Tochter haben. Die verschiedensten Möglichkeiten fliegen mir durch den Sinn: ein Junge, der von der Schule gejagt wurde, ein Mädchen, das mit einem Taugenichts durchbrannte, um ihn zu heiraten... Obwohl sie eine so reizende Art hat, mit Kindern umzugehen, kann ich sie mir einfach nicht als Mutter vorstellen. Sie ist kein mütterlicher Typ, vielleicht ist sie dafür zu verstandesbetont; aber sie ist die vollkommene Freundin und Geliebte.

Wie dieser gelähmte Knabe, bin auch ich noch glücklich daran, daß die Krankheit, die sich, wie ich weiß, in mir weiterfrißt, mir keine Schmerzen verursacht, so daß ich sie lange Stunden hindurch ganz vergesse. Wenn ich morgens aufwache, komme ich langsam zu mir mit dem un-

klaren Gefühl, daß irgend etwas Unangenehmes mir bevorsteht, wie an Tagen, an denen man eine lästige Pflicht zu erfüllen hat, und dann kommt mir die Erinnerung wieder: ›Ach ja, natürlich – ich muß ja sterben...‹
Das ist ein merkwürdiges Gefühl. Ich denke manchmal, ob wohl alle, die an der Schwelle des Todes warten, das so gleichmütig hinnehmen wie ich. ›Der Tod‹, heißt es irgendwo (wenn auch, glaube ich, nicht bei Francis Bacon), ›erscheint nur denen gnädig, die im Dunkel sitzen oder tief gebeugt sind unter der Last von Kummer und Ketten: den armen Christen, die an die Galeere geschmiedet sind, den verzweifelten Witwen, den trübsinnigen Gefangenen und abgesetzten Königen, denen, die ihr Glück verlassen hat und die dagegen aufbegehren – all denen ist der Tod ein Erlöser und das Grab ein Ort des Ausruhens und des Friedens.‹
Ich bin allerdings weder eine verzweifelte Witwe noch ein trübsinniger Gefangener noch ein abgesetzter König, noch betrachte ich den Tod als Erlöser, denn ich liebe das Leben und habe durchaus nicht den Wunsch, abzutreten, und wenn ich mich auch noch so bemühe, ich bringe es einfach nicht fertig, meinen Tod als nahe bevorstehend anzusehen. Schließlich sind bei den meisten Menschen, wenn sie sich ihrem Ende nähern – sofern es nicht plötzlich und gewaltsam kommt –, ihre Kräfte durch Krankheit oder besonders hohes Alter so wesentlich geschwächt, daß sie nicht mehr fähig sind, sich klare Gedanken zu machen und tiefer zu empfinden. Ich dagegen verfüge noch über alle meine Fähigkeiten und befinde mich in einem scheinbar normalen Gesundheitszustand. Ich denke, es ist einfach so, daß man die endgültige Wahrheit unbewußt beiseite schiebt. Wieviel besser täte man daran, sie in all ihrer Einfachheit hinzunehmen.

*

Schafft nur den Pomp des Todes ab, die Vermummungen und den feierlichen Zauber, den falschen Aufputz und das Gehabe bei Kerzenlicht, die dazugehörigen, phantastischen Zeremonien, die Sänger und die Musikkapelle, die Frauen und die Klagenden, das Ohnmächtigwerden und das Schreien, die Pflegerinnen und die Ärzte, den verdunkelten Raum und die Geistlichen, die Verwandten und die Totenwachen – dann ist das Sterben leicht und schnell und befreit von lästiger Unruhe. Es ist die gleiche harmlose Sache, die gestern einem armen Hirten widerfuhr und heute einer Magd.

Ich will mich nicht entschuldigen, aber ich darf wohl sagen, daß mein augenblicklicher Zustand mich empfindlicher macht und ich eine Haut zu wenig habe. Anders kann ich mir die unsinnigen Regungen nicht erklären, die mich überkommen. Ich war doch sonst immer ein einigermaßen ehrenhafter Mann, und jetzt werde ich von Versuchungen verfolgt, die mir früher nie in den Sinn gekommen wären, und die mich offengestanden erschrekken. So bat mich Laura neulich, als sie mich auf dem Gang traf, ihre Briefe in den Briefkasten zu werfen, wenn ich auf meinem Weg zum Büro des Zahlmeisters daran vorbeikäme. Und ehe ich recht wußte, was ich tat, ertappte ich mich dabei, daß ich die Adressen studierte, um zu sehen, mit wem sie in Briefwechsel stand. An sich vielleicht kein großes Verbrechen, aber so gemein, so schäbig. Die Briefe waren alle an Leute, von denen ich noch nie gehört hatte; an ihrem Leben hatte ich ja keinen Anteil. Ich war entsetzt über meine Raserei, die mich ganz benommen machte, und noch entsetzter, daß mir die Idee kam, ich könnte die Briefe heimlich öffnen, um entweder das Schlimmste zu erfahren oder befreit aufzuatmen.

›Ralph Ramsay Esq., Iron Ashton Manor, Ashton, Somerset.‹ Wer mochte das sein? Oder ›Sir Paul Livingstone, Bart.‹? Die übrigen waren einwandfrei geschäftliche Briefe und interessierten mich daher nicht. Ich muß mich zusammennehmen: so geht das nicht weiter!

Wenn es etwas gab, das ich von jeher haßte, dann war es Schäbigkeit, kleinlicher Argwohn, die Bereitschaft, immer nur das Schlechteste anzunehmen, der Wunsch, über andere zu triumphieren, das Schnüffeln nach unwürdigen Motiven, mutwillige Grausamkeit und Gehässigkeit. Ich hatte genug von all dem gesehen, sowohl in meiner Jugend als auch in meinem Beruf. Ich hatte nur versucht, mir einzureden, daß das alles nun einmal zum Reiz der menschlichen Natur gehört, die, einerseits so klein und niederträchtig, andererseits überraschend nobel und hilfsbereit sein kann. Es ist schlimm, daß ein unbeherrschtes Gefühl auch mich jetzt niederzwingt in diese Tiefen, die ich mit Bedacht gemieden hatte.

Sie bekommt auch Briefe; ich habe gesehen, wie ein Steward ihr welche brachte.

»Keine Briefe für den armen Edmund?« fragte sie und legte ihre beiseite.

»Der arme Edmund will gar keine. Er hat seine alte Haut abgeworfen wie eine Schlange.«

So ist es wirklich. Ich habe keine Verwandten und habe auch nicht den Wunsch, Nachricht von meinen Freunden zu bekommen. Meinem Chef hinterließ ich zwar einige Adressen, aber nur, weil er darauf bestand, und als er mir dann schrieb und mich bat, einen strittigen Punkt zu klären, der zu Leserbriefen in seiner Zeitung geführt hatte, merkte ich, daß ich geistig erst völlig umschalten mußte, ehe ich auch nur ein oberflächliches Interesse an seiner Anfrage aufbringen konnte. Dabei war es etwas, das mich früher gereizt hätte, Seiten voll heftigen Protestes herunterzurasseln.

Warum kann ich mich nur nicht allem andern gegenüber zu der gleichen Gelassenheit durchringen?

*

Verschiedentlich habe ich mir schon alle Mühe gegeben und mir gesagt, daß dieser Krebs, der mein Gemüt zersetzt, diese schreckliche Eifersucht, von der ich besessen bin, jeder Grundlage entbehre; aber jedesmal passiert dann etwas, das meine besten Vorsätze über den Haufen wirft. Und diesmal verschlimmere ich alles noch, bis es zu einem richtigen Verhängnis wird. Das Ehepaar mit der Tochter ist ausgestiegen, und die drei Plätze an Lauras Tisch haben ein anderes Ehepaar und – ausgerechnet – der Oberst eingenommen. Da muß ich nun zweimal am Tag während einer langen Mahlzeit zuschauen, wie sie sich unterhalten und zusammen lachen; ich bemerke, wie schnell er ihre Serviette aufhebt, wenn sie ihr heruntergefallen ist, wie er ihr Wein einschenkt und ihr Feuer für ihre Zigarette gibt. Je fröhlicher sie sind, um so finsterer werde ich. Ich frage mich immer wieder, ob dieser Platzwechsel nur ein zufälliges Arrangement des Oberstewards ist, oder ob da jemand nachgeholfen hat. Hat sie Dalrymple vorher erzählt, daß ihre Tischgenossen das Schiff bald verließen, und ihm vorgeschlagen, daß er sich umsetzen lassen solle? Das würde bedeuten, daß sie mehr Wert auf seine Gesellschaft legt als auf meine. Oder hat er es selber herausbekommen und die Gelegenheit ergriffen, seinen Platz zu vertauschen? Warum konnte ich das dann nicht ebenso gut rechtzeitig in Erfahrung bringen und ausnutzen? Meine übliche Ungeschicklichkeit – ich war immer ein Tolpatsch. Jedenfalls bin ich verletzt und fühle mich hintergangen und bin immer mehr von ihrem heimlichen Einverständnis überzeugt.
Ich bin schon so verwirrt, daß mir Maulwurfshügel wie hohe Berge erscheinen. Aber sind es nur Maulwurfshügel? Es ist furchtbar, wie ich die geringste Kleinigkeit verdrehe und zur Bestätigung eines Argwohns werden lasse, den ich gar nicht bestätigt sehen möchte. Einzelne Äußerungen Lauras fallen mir wieder ein, und ich bringe sie so in Zusammenhang, daß sie in ganz anderm Licht erschei-

nen. Da ist zum Beispiel der junge Steward, der nach Tisch den Kaffee serviert – ob er mir aufgefallen wäre, fragt sie.
»Das kann ich nicht sagen«, antwortete ich. Im Gegensatz zu einigen unserer Freunde in England, habe ich kein ausgesprochenes Interesse an jungen Männern. »Was ist denn mit ihm?«
»Ach, er ist so graziös, er könnte Tänzer sein, aus Bali. So biegsam und geschmeidig. Sehen Sie nur, wie elegant er sich zwischen den Tischen hindurchschlängelt. Und er hat eine Art zu lächeln, die sehr anziehend ist, und ein spitzzulaufendes Ohr, wie ein Faun. Nicht ungefährlich, diesen Menschen um sich zu haben...«
Damals dachte ich, sie hätte das nur so obenhin gesagt und achtete nicht weiter darauf, aber jetzt bin ich nicht mehr so sicher. Was verbirgt sich unter ihrem kühlen Äußeren? Gab ihr Gefallen an der perversen Schönheit dieses Knaben einen Hinweis auf ihre eigene Sinnlichkeit? Man ist ja oft überrascht, was alles sich jahrelang hinter einem Leben von bestem Ruf verbergen kann. Weshalb nicht bei ihr? Sie ist noch jung, sie ist, weiß Gott, anziehend, sie ist unabhängig – was sollte sie daran hindern, jeder Laune nachzugeben? Sie ist unergründlich und verschwiegen; man würde es also nie erfahren.
Von hier ist es nur ein kleiner Schritt bis zu ihrer nicht vergessenen Bemerkung über Oberst Dalrymples gute Erscheinung; und er ist dazu aus ihrer Gesellschaftsschicht. Ja, sie ist nicht unempfänglich für männliche Schönheit, darüber besteht kein Zweifel. Sie kann geradezu gesprächig werden beim Anblick der schwarzen Werftarbeiter mit ihren nackten Oberkörpern.
»Was für ein prachtvoller Torso, Edmund, sehen Sie nur, diese Schultern, diese Muskeln, so blank wie poliertes Metall! Die reinste Skulptur! Wie doch die schwarze Haut die Farben kräftiger herauskommen läßt – wie sein rotes

Lendentuch röter erscheint, als es an einem weißen Mann wirken könnte. Und diese gute natürliche Haltung, so gerade und aufrecht, und der federnde Gang – wie ein Athlet!«

Ich wünschte, ich könnte glauben, daß ihre Beobachtungen rein ästhetischer Natur sind, aber eine Spur Sex ist darin; jedenfalls meine ich das bei meiner gestörten Gemütsverfassung herauszuhören. Warum auch nicht, sage ich mir und schäme mich sofort dieser unwürdigen Gedanken. Sie ist so ganz Frau, da ist ihr natürlicher Gegenpol der Mann. Schon ihre Offenheit müßte einen entwaffnen, denn die Menschen, die wirklich etwas zu verbergen haben, sind viel zu vorsichtig, um sich zu verraten. Ich will sie ja auch nicht der Promiskuität verdächtigen; sondern nur ihre Schwäche für gut aussehende Männer feststellen, und da ich ihren Widerwillen gegen jede heuchlerische gesellschaftliche Konvention kenne, kann ich mir durchaus vorstellen, daß sie, wenn ihre Zuneigung stark genug ist, die natürlichen Konsequenzen zieht...

Nicht der kleine Steward, nicht ein Schwarzer – sofern sie nicht Abenteuer sucht, die ich ihr nicht zutraue –, aber Dalrymple... das ist etwas anderes. Ich beobachte ihn, ich beobachte sie, und ich frage mich immer wieder.

Ein unglückseliger Zwischenfall hat die so gespannte Situation nicht verbessert. Laura und ich waren an Land gegangen, und trotz der Gluthitze beschlossen wir, die eine Meile vom Kai bis zu dem Eingeborenen-Markt zu wandern, eine öde, staubige Straße, zum Glück beschattet von einer Reihe erschöpft aussehender Bäume, sonst aber wenig empfehlenswert. Ein räudiger Hund knurrte uns an, als wir an ihm vorübergingen, viel zu träge, sich zu erheben; ein Kind folgte uns, um Almosen winselnd, ein erbärmliches kleines Geschöpf; es hatte keine Hände und streckte bloß immer, mitleidheischend, die jämmerlichen Stümpfe gegen uns aus. Ich hoffte nur, Laura wüßte nicht,

was mir bekannt war: daß manche Eltern hier ihren Kindern bei der Geburt die Hände abhacken, um eindrucksvollere Bettler aus ihnen zu machen. Wahrhaftig, eine wunderbare Welt!
Laura hat eine Leidenschaft für Eingeborenen-Märkte, die ich nicht teile, aber ich würde alles tun, um sie zu erfreuen. Sie liebt die Farben und das Gedränge und das merkwürdige Gemisch fremder Typen, sie liebt die mit Töpfen, Körben und flatternden Wollstoffen (made in Manchester) behängten Buden, und ich habe sie im Verdacht, daß sie auch die im geheimen brodelnde Gewalttätigkeit liebt, die jeden Augenblick in einen Krawall ausarten kann. Es war schon genug Lärm, als wir uns dem großen Platz näherten; das übliche Geschrei der Ausrufer mischte sich mit dem Blöken der Ziegen, von irgendwoher dröhnte monotoner Trommelschlag, und ein Grammophon schnarrte mühsam eine wehklagende Melodie in Moll. Nicht sehr erquicklich, diese Horde wild aussehender Gesellen! Mir fiel auf, daß keine Europäer dazwischen waren, ein Umstand, der mir unbehaglich war und mich befürchten ließ, daß man unsere Anwesenheit übel vermerken könne. Laura aber sagte nur, das seien sicher Stämme, die zu einem der seltenen Markttage von den Bergen heruntergekommen seien, und wir müßten unbedingt hingehen, um sie aus der Nähe anzusehen, denn solche Gelegenheit hätten wir gewiß nie wieder.
Ich dachte gerade, hoffentlich nicht, als ich zu meiner Erleichterung einen kleinen braunen Polizisten in kurzen Khaki-Hosen auf uns zuschlendern sah. Er trug ein Gewehr am Riemen über der Schulter, und in seinem Gürtel steckte ein Revolver, aber trotz dieser Bewaffnung machte er mir nicht den Eindruck, daß er einer wütenden Menge gewachsen sei. Er richtete einige unverständliche Sätze an uns, aus denen ich nur das Wort Nein heraushören konnte, das er mehrmals wiederholte und mit einer

unmißverständlichen abwehrenden Handbewegung unterstrich.
»Aha, er meint, wir sollen nicht noch weiter gehen«, sagte ich.
»Ach Unsinn«, fuhr Laura auf, »jetzt gehe ich nicht mehr zurück. Die machen bloß so viel Radau, aber es steckt nichts dahinter. Schließlich wollen wir ja nicht Aufnahmen von einer religiösen Prozession machen.«
»Laura, bitte...«
»Wenn Sie nicht mitkommen wollen, gehe ich allein.«
Da ich sie nicht mit Gewalt zurückhalten konnte, blieb mir nichts anderes übrig, als ihr in diesen gärenden, gellenden, papageienbunten Pöbelhaufen zu folgen. Kaum hatten die Händler Laura bemerkt, als sie sich auch schon, ausländisches Geld witternd, wetteifernd um sie drängten. »Hierher, Lady, hierher!« Das war noch eine harmlose Belästigung, wie man sie von allen Souks und Bazaren kennt. Was mir aber gar nicht gefallen wollte, waren die finsteren Seitenblicke, die uns aus unzähligen Augenpaaren trafen. Dies waren rauhe Wilde; wie rauh, wagte ich nicht auszudenken. Wenn nun einer von ihnen Hand an Laura legte und sie von diesem ausschließlich ihnen vorbehaltenen Gelände stieße? Was würde ich dann tun? Sollte ich einschreiten, dann würde sich der ganze Pöbel auf uns stürzen. Und der kleine Polizist mit seiner dürftigen Autorität machte gemächlich weiter seine Runde in angemessener Entfernung; er hatte uns pflichtschuldig gewarnt, wenn die Fremden sich einfach darüber hinwegsetzten, dann war es eben schlimm für sie. Ich hatte nur ein Gebet, daß sich irgendein Zwischenfall unter den Eingeborenen ergäbe, der ihre Aufmerksamkeit von uns ablenkte, irgendein Streit größeren Ausmaßes, ein Handgemenge, bei dem sie sich schlügen und am Boden wälzten und alles hinzuliefe, um sich zu beteiligen. Und so kam es dann wirklich. Eine riesige

Negerin, wenig passend in zartrosa Musselin gehüllt, fing mit einer Gruppe von Männern Streit an; sie geriet in Wut und schlug einem von ihnen mit einer Faust vom Format eines Boxerhandschuhes auf die Nase, Blut floß, andere mischten sich ein und ergriffen Partei. Messer blitzten und gellende Schreie ertönten – es war, als ob eine uralte Stammesfehde ausgetragen würde. Ich packte Laura am Arm.

»Los, kommen Sie, nur raus hier!«

Der kleine Polizist grinste, als wir wieder an ihm vorbeikamen.

Unser Rückweg zum Kai war nicht sehr erfreulich. Weil ich einen Schreck bekommen hatte, war ich böse auf Laura und sagte:

»Das ist das erste Mal, daß ich mich über Sie ärgern mußte.«

Sie blieb völlig ungerührt.

»Das war aber interessant, finden Sie nicht? Wie Kinder, unter denen plötzlich ein Zank ausbricht. Inzwischen sind sie wahrscheinlich schon alle wieder gut Freund miteinander. Ich schätze, so etwas kommt da mehrere Male am Tag vor.«

»Halten Sie das vielleicht für richtig, so zu leben?«

»Nun, manchmal hätte ich auch schon gern jemandem eine Ohrfeige verpaßt – Sie nicht?«

»Ja – Ihnen vorhin.«

»Jetzt sind Sie böse auf mich, Edmund.«

»Sie waren aber auch wirklich mehr als leichtsinnig und unbedacht. Für diese Art Schneid kann ich mich nicht begeistern. Vermutlich hat diese Mißachtung der Gefahr Ihnen das Croix de la Libération eingebracht?«

Sie stutzte.

»Woher wissen Sie denn, daß ich das Croix de la Libération habe?«

»Ach, lassen wir das ...«

Damit wäre der Fall erledigt gewesen, doch da kam abends der Oberst zu mir.
»Das hätte aber übel ausgehen können.«
Wie hatte er es nur erfahren? Daß Laura es ihm nicht gesagt hatte, dessen war ich sicher. Aber in diesem Leben an Bord ist ja alles schnell herum.
»Man kann nie wissen, wann diese Burschen plötzlich gefährlich werden«, fuhr er fort. »Sehr unangenehm für eine Frau, so eine Situation, sehr unangenehm für Mrs. Drysdale.«
Ich merkte, daß er sehr entrüstet war, und das machte ihn mir nicht gerade sympathischer.
»Ich habe seinerzeit lange unter Eingeborenen gelebt«, begann er von neuem, »und weiß, daß man in eine solche Ansammlung auf ihrem eigenen Gebiet nicht unnötig hineinlaufen darf. Sie bereinigen ihre Differenzen auf ihre Art, und wir tun am besten, uns fernzuhalten. Natürlich nur, solange sie uns nicht stören oder sich zuviel herausnehmen. Wenn man sich aber einfach unter sie mischt, fordert man unliebsame Zwischenfälle geradezu heraus. Sie hätten Mrs. Drysdale niemals unter dieses Gelichter bringen dürfen, wenn Sie mir die Bemerkung erlauben.«
»Nein, ich erlaube sie Ihnen nicht. Ich sehe nicht ein, was Sie das angeht. Schließlich kenne ich Mrs. Drysdale sehr viel länger als Sie. Und im übrigen war sie es, die durchaus dorthin wollte, nicht ich.«
»Also, wenn Sie nicht Manns genug sind, eine Frau zurückzuhalten, dann ist nichts weiter dazu zu sagen«, platzte er heraus. »Ich bin nur froh, daß Mrs. Drysdale so glimpflich davongekommen ist.«
Ich wünschte, ich wäre so primitiv wie die Negerin auf dem Markt und könnte ihm mit der Faust in sein verdammt hübsches Gesicht schlagen. Dabei wußte ich, daß er recht hatte, und das verminderte meinen Zorn nicht.

Natürlich hätte ich sie zurückhalten müssen. Wenn ihr irgend etwas zugestoßen wäre, hätte ich es mir nie verzeihen können. Das hinderte mich jedoch nicht, wutentbrannt zu ihr zu laufen.
»Ihr teuerster Oberst hat sich erlaubt, mir eine Strafpredigt zu halten.«
»Das habe ich mir gedacht. Ich habe auch eine abbekommen.«
»So eine Unverschämtheit!«
»Ja, das fand ich auch«, sagte Laura, was mich etwas besänftigte. »Und was haben Sie ihm geantwortet?«
»Nicht ein Viertel von dem, was ich ihm gern gesagt hätte – nur, daß er sich um seine eigenen Angelegenheiten kümmern solle, und daß ich Sie sehr viel länger kenne als er.«
»Er meinte es bestimmt gut.«
»In Zukunft kann er seine guten Absichten für sich behalten.«
»Nun machen Sie aber nicht so ein böses Gesicht und seien Sie nicht unliebenswürdig zu ihm, Edmund, nein? Das würde alles so ungemütlich machen. Wir sind nun mal alle drei hier auf diesem Schiff, und wenn Sie ihn auch nicht mögen, so können Sie ihm doch nicht ganz aus dem Wege gehen.«
»Ich habe durchaus nicht gesagt, daß ich ihn nicht mag. Ich mag ihn ja. Ich wünschte, ich könnte dagegen an. Ich finde nur, es ist eine verdammte Unverschämtheit, mich zur Rede zu stellen. Schließlich bin ich doch kein Kind.«
»Das nicht, wenn ich auch befürchte, Sie haben sich vielleicht so benommen.«
Sie hatte mich ein wenig besänftigt, teils durch ihre Gelassenheit, teils weil sie durchblicken ließ, sie und ich seien Verschworene. Wir waren beide ausgescholten worden, einer wie der andere. Es war mir nur ein Trost bei der

ganzen dummen Geschichte, daß Laura meinen Ärger auf eine verständliche Gekränktheit zurückführte, weil ich von einem anderen Mann, und nicht einmal einem Freund, so abgekanzelt worden war, und daß sie nicht auf die Idee kam, er könnte etwas mit meinen Gefühlen für sie zu tun haben. Aber dieser unerträgliche Gedanke, daß ein anderer Mann sich überhaupt als ihr Beschützer aufspielte! Ich versuche mir einzureden, daß er das vielleicht gar nicht will, daß es lediglich in seinem Charakter liegt, über die Sicherheit einer Frau zu wachen, und daß er sich vielleicht ehrlich bemühte, mir mit seinen Erfahrungen zu nutzen. ›Eine weiße Frau unter Schwarzen, mein Lieber, da kann man nie genug auf der Hut sein‹, konnte ich ihn geradezu sagen hören. So dachte ich, wenn ich besserer Stimmung war, aber auch dann noch war ich mir bewußt, daß ich mich zu täuschen suchte: in seinem unterdrückten Zorn war er persönlich gewesen, nicht sachlich.

*

Nun scheint alles vergessen, und sie sind wieder gute Freunde. Sie promenieren zusammen an Deck, lachen über die Tümmler, beteiligen sich am Decktennis oder tanzen zusammen. Miss Corcoran starrt ihnen hingerissen nach und phantasiert all die Liebesabenteuer in sie hinein, die sie selber verpaßt hat.

»Ich denke oft, es ist doch traurig, daß diese Bord-Freundschaften mit Schluß der Reise gewöhnlich zu Ende sind, finden Sie nicht auch, Mr. Carr? Und doch, ich weiß nicht«, fügte sie hoffnungsvoll hinzu, »ich kenne da ein sehr nettes Ehepaar, Braithwaite war der Name, Mr. und Mrs. Braithwaite, sie leben in Godalming, ganz nahe bei meiner Schwester – der Schwester, von der ich Ihnen erzählt habe, wissen Sie, die so schlimm die Gürtelrose hatte, o mein Gott, war sie damals herunter – also diese

Mr. und Mrs. Braithwaite hatten sich seinerzeit an Bord kennengelernt, genau wie Mrs. Drysdale und Oberst Dalrymple, wenn ich so sagen darf, und zwar auf der alten Rajputana, auf der Fahrt nach Bombay – er war in der indischen Zivilverwaltung – ach, das waren noch Zeiten, nicht wahr, Mr. Carr, ehe wir Indien aufgaben – so ein Fehler, dachte ich immer – und nun, sehen Sie, sind sie glücklich verheiratet und haben ein süßes kleines Haus und drei reizende Kinder. Die sind inzwischen schon erwachsen, natürlich, und sind alle etwas geworden. Allerdings waren Mr. und Mrs. Braithwaite nicht annähernd so stattlich wie Mrs. Drysdale und der Oberst, o nein, keineswegs. Die arme Mrs. Braithwaite plagte sich immer mit ihrer Figur, und er bekam schon sehr jung eine Glatze. Aber sehen Sie nur einmal die beiden hier, Mr. Carr: würden sie nicht ein entzückendes Paar abgeben?«

»Ich hätte Sie nie für eine Ehestifterin gehalten, Miss Corcoran.«

»Nicht? Wie komisch, meine Schwester sagt immer genau das Gegenteil – nicht die aus Godalming, die andere, die in London lebt. So eine süße kleine Mansardenwohnung hat sie dort am Warwick-Square, die müßten Sie mal sehen. ›Emily‹, sagt sie immer, ›du bist die geborene Ehestifterin, du solltest ein Eheanbahnungsinstitut eröffnen!‹ Nicht sehr liebenswürdig, finde ich, nicht wahr? Aber was den Oberst und Mrs. Drysdale angeht, da werden Sie mir doch gewiß beipflichten. Sie ist ja wohl Witwe, nicht wahr?«

»Soviel ich hörte, ja.«

»Über den Oberst bin ich nicht im Bilde. Vielleicht hat er eine Frau in England – ich weiß ja nicht... Ich finde das immer so unfair in den Ausweispapieren: bei einer Frau muß eingetragen sein, ob sie verheiratet, verwitwet oder ledig ist, so daß jeder gleich Bescheid weiß; bei einem

Mann ist das nicht zu erkennen. Da braucht es nicht auf dem Paß zu stehen, und so hätte es auch gar keinen Zweck, in seinen Paß zu gucken. Viele Ausländer tragen ja einen Ehering, nicht wahr? Sehr schön finde ich das eigentlich nicht – es sieht so unmännlich aus, finde ich immer, wenn ein Mann einen Ring trägt. Ausgenommen natürlich einen Siegelring auf dem kleinen Finger, das ist durchaus männlich und schick. – Aber praktisch ist ein Ehering schon, das läßt sich nicht leugnen.«

»Und wenn Sie Mrs. Drysdale auch nicht an den Oberst verheiraten können, Miss Corcoran, dann gibt es ja noch andere Wege der Liebe, nicht nur die Ehe.«

Miss Corcoran war genau so verlegen und entrüstet, wie ich gehofft hatte.

»Aber Mr. Carr! Wie können Sie nur so etwas sagen! Ich bin überzeugt, daß weder Mrs. Drysdale noch der Oberst je... Allerdings, wie Männer sind, weiß man ja... Aber Mrs. Drysdale – o nein, Mrs. Drysdale bestimmt nicht.«

Und heute, zwischen Tee und Dinner, traf ich Dalrymple, als er eben aus Lauras Kabine herauskam.

»Machen Sie doch nicht ein so erstauntes Gesicht«, sagte sie zu mir, »ich habe ihm gerade ein Buch geliehen.«

»Tatsächlich?« entschlüpfte es mir, »ich wußte gar nicht, daß der Oberst lesen kann.«

Nach dem Blick, den sie mir zuwarf, fürchtete ich, daß ich mich verraten habe.

Das ist das Letzte, was ich wollte. Wenn man selber nichts mehr zu erhoffen hat, ist es unverzeihlicher Egoismus, den Frieden anderer zu stören, und wenn ich Laura wahrhaft liebte, wie es mir vorschwebt, dann hätte ich nur noch einen Wunsch: ihr Glück. Aber da versage ich. Dabei bemühe ich mich so sehr, vernünftig zu sein. Ich spotte über meine Einbildungen und sage mir, daß gar nichts daran ist, auch nicht die Spur eines Flirts – Laura ist nicht

die Frau für einen Flirt –, aber ich weiß doch, daß sie diesen Mann anziehend findet, und er findet sie bestimmt ebenfalls sehr anziehend. Es ist einfach so, daß ich sie für mich allein haben wollte, diese kurze Zeit, die mir noch bleibt, und ich hasse ihn dafür, daß er mir diese Freude verdirbt, die ich als letztes, armseliges Geschenk vom Leben erbeten hatte. Wahrscheinlich beneide ich die beiden auch um ihre unbekümmerte Gesundheit und um die vielen Jahre, die noch vor ihnen liegen; der Oberst und ich rivalisieren nicht auf fairer Basis. Und was mich besonders wurmt, ist die innere Gewißheit, daß sie beide so gar nichts gemeinsam haben. Laura würde erkennen, daß der Oberst in jeder Beziehung genau so tyrannisch männlich ist wie Tommy Drysdale. Übrigens ist sie so vernünftig, daß sie das wahrscheinlich schon bemerkt hat. Was sie also zueinander treibt, folgere ich depremiert, ist eine rein animalische Übereinstimmung, ein Naturtrieb, der keiner geistigen Ergänzung bedarf.
Aber was kann das für mich schon bedeuten, wenn ich nicht mehr bin?
Weh dir, armer, törichter Mensch, du hast schon ach zu viele notwendige, und unvermeidliche Beschwernisse, ohne daß du sie durch deine eigene Erfindung noch vermehrst, und du bist elend genug ohne jedes Dazutun; du hast tatsächliche und wesentliche Behinderungen im Überfluß und brauchst dir nicht noch welche dazu zu ersinnen.

*

Manchmal ist mir, als wäre dieses Schiff launenhaft und hätte keinen festen Kurs, sondern streifte umher, wie es eben will – eine Vorstellung, die genau in meine Stimmung hineinpaßt. Bisher verlief mein Leben planvoll und ohne Überraschungen; jetzt, da es plötzlich ganz auf den Kopf gestellt ist, freue ich mich in dem Gedanken, einen

Genossen in meiner Launenhaftigkeit zu haben. Wie sehr wünschte ich heute, ich wäre als junger Mann mehr gereist und vielleicht mit einer Forschungs-Expedition zu Orten vorgedrungen, die noch kein Weißer je betreten hatte! Aber die Politik hielt mich so in ihrem Bann, daß ich überhaupt nicht an Reisen dachte. Das ist seltsam, denn als Junge fühlte ich mich immer magisch angezogen von dem dicken Globus in unserm Klassenzimmer; ich schlich zu ihm zurück, wenn die anderen auf dem Hof spielten, legte meinen Finger auf die abgelegenste Stelle, die ich finden konnte – wahrscheinlich, nur wußte ich das nicht, mitten auf eine asiatische Salzwüste –, und flüsterte versonnen: ›Da möchte ich jetzt sein.‹ Ich dachte, ich wäre dieser Abenteuerlust entwachsen, die bei mir besonders lächerlich wirkte, da ich weder mutig noch praktisch war. Jedenfalls kann ich wohl sagen, daß ich das mittlere Alter erreicht habe, ohne im geringsten blasiert zu sein, und wenn ich mich jetzt auch nur in aller Bequemlichkeit von Hafen zu Hafen tragen lasse, so genieße ich es doch ganz besonders, weil ich die heimatlichen Gestade bisher noch nie verlassen hatte. Ich würde es nicht einmal Laura eingestehen, aber ich kann noch genauso staunen wie ein Kind, das zum ersten Mal einen schwarzen Menschen sieht.

*

Ich bin peinlich überrascht und verwirrt: der Oberst hat sich bei mir entschuldigt. Er kam mit einer wahrhaft entwaffnenden Natürlichkeit auf mich zu und bat mich, die Worte, die er besser nicht gesagt hätte, zu vergessen.
»Es ging mich natürlich gar nichts an, aber langjährige praktische Erfahrung, wissen Sie... Es ist mir so herausgefahren.« Ich hoffe, ich quittierte das nicht zu unliebenswürdig.
Nun spielen wir also, anscheinend in bestem Einverneh-

men, wieder Bridge zusammen. Eine gewisse Größe kann ich ihm nicht absprechen: den meisten Menschen wird es nicht leicht, sich zu entschuldigen; aber in meinem Trotz will ich keine Tugend an ihm erkennen. Ob Laura ihn vielleicht dazu gebracht hat? Ich werde sie lieber nicht fragen, falls sie nichts davon weiß. Es sei fern von mir, sie in der guten Meinung, die sie von ihm hat, noch zu bestärken.
Wie gemein! Wie klein – schon wieder!
Dagegen sagte ich ihr, wenn sie dem Oberst Bücher liehe, dann könnte sie mir doch auch welche leihen.
»Ich habe zwar eine ganze Kiste voll mit an Bord genommen, aber die Bücher anderer Leute verlocken einen immer noch mehr als die eigenen.« Diese nichtssagende Bemerkung sollte als Vorwand dienen. Im Grunde wollte ich sehen, wo sie hauste. Ich wollte mir ausmalen können, wie sie sich an ihrem Frisiertisch das Haar bürstete, wie sie sich zwischen ihren persönlichen Sachen bewegte, wie sie lesend nachts in ihrem Bett lag.
Alles, was ich von London her kannte, war ihr Salon; ich sehnte mich danach, einen kleinen Einblick in ihre persönliche Atmosphäre zu gewinnen. Ihre Kabine würde allerdings wohl genauso sein wie meine – eine kleine unpersönliche Koje, rein wie eine Klosterzelle, die einem für Wochen Zufluchtsstätte ist und dann, wieder ausgeräumt, dem nächsten Bewohner überlassen wird. Rundes Bullauge, schmales Bett, Toilettentisch mit Spiegel, Schemel, Kleiderschrank, Regale, elfenbeinfarbene, abwaschbare Wände, Gummibelag auf dem Fußboden und eine Waschgelegenheit hinter einem wasserdichten Vorhang. Es würde genau das gleiche sein.
Es war keineswegs das gleiche. Laura hatte sich alle Mühe gegeben, den kleinen Raum zu verschönern, und das Ergebnis war, daß er nun mehr einem Zimmer als einer Kabine glich. Über Bett und Tisch hatte sie farbige Seiden-

decken gebreitet, die Kopfkissenbezüge waren rosenrot und mit Rüschen besetzt. Die scheußlichen Schiffs-Aschenbecher – ich hatte gar nicht bemerkt, wie scheußlich sie waren, bis sie mich einmal darauf aufmerksam machte – hatte sie verbannt und durch irdene kleine Gefäße ersetzt, die sie unterwegs auf einem ihrer geliebten Märkte eingehandelt hatte. Ihre Bücher standen ausgerichtet in einem Regal – meine hatte ich einfach alle in ein Schubfach geworfen. Sie hatte sich mehrere Redouté-Rosen aufgestellt und die chinesische Zeichnung eines feurigen Pferdes. Und überall standen Blumen, Orchideen, Lilien, Gardenien – ob sie sich die wohl selbst gekauft hatte, oder versorgte der Oberst sie damit? Dann bemerkte ich noch viele kleine Dinge: einen Kristall-Falken, einen Buddha aus Bernstein, ein weißes Jade-Kamel. Keine Photographien – stellte ich erleichtert fest; nur die Aufnahme eines russischen Windhundes steckte im Spiegel.

»Und was machen Sie bei hohem Seegang mit all diesen Sachen?« fragte ich, weil ich mir nicht anmerken lassen wollte, daß es mich bewegte, wie sie es sich gleich so heimisch zu machen verstand. Wie ein Vogel, der sein Nest baut...

»Dann muß ich sie natürlich wegpacken.«

»Wohin führt diese Tür?« fragte ich und deutete auf eine kleine Tür neben dem Bullauge, die in meiner Kabine nicht vorhanden war.

»Oh, das ist meine ganze Freude.« Sie öffnete sie, und ein Wirbel heißer Luft strömte von draußen herein. Im Nu war der Spiegel beschlagen, und ich erblickte Laura und mich darin, so unwirklich, wie unser ganzes Verhältnis war. Im nächsten Moment würden dicke Tropfen herunterrieseln...

»Machen Sie schnell hinter sich zu«, sagte Laura, »oder alles hier drinnen fängt an zu tröpfeln.«

Ich folgte ihr hinaus. Und nun standen wir auf einem kleinen Privat-Balkon, der von oben und von beiden Seiten völlig abgeschlossen war, und dessen ganze Einrichtung aus einem Rohrsessel und einem Metalltisch bestand. Er schwebte über dem Meer, dem man hier um so vieles näher war als an unserem üblichen Platz an der Reling auf dem Oberdeck, so nahe, daß man sich eins fühlte mit dem Schiff, das die Wogen zerteilte.

»Es gibt nur vier Kabinen, die so einen Balkon haben«, sagte sie, »zwei auf jeder Seite, oder besser: zwei an Backbord und zwei an Steuerbord. Das kann ich immer nicht auseinanderhalten. Ich war sehr verschwenderisch, aber es tut mir nicht leid. Sie können sich nicht vorstellen, wie köstlich es ist, abends nach einem heißen Tag hier draußen zu stehen und sich die frische Brise über die Haut streichen zu lassen.«

Ich konnte es mir sehr gut vorstellen, und ich dachte mir, auch wenn sie es nicht gesagt hatte, daß sie dann nackt dort stand unter dieser linden Liebkosung.

»Also hierhin verschwinden Sie immer mal für einige Stunden.«

Wir blickten schweigend auf das dunkle Wasser, von dem sich die weißgeaderte Schiffsspur unter dem Licht der Bordlaternen lebhaft abhob.

Und nicht zum ersten Male kam mir der Gedanke, wie leicht es sein müßte, allem ein Ende zu machen, indem man sich über Bord in die Nacht hinuntergleiten ließe...

»Man bekommt geradezu Lust, sich da hineinzustürzen, nicht wahr?« sagte sie unvermutet. »Etwa, wie man auf einem hohen Turm von dem Wunsch gepackt wird, hinunterzuspringen.«

»Mit dem Unterschied, daß man nach dem Sprung von einem hohen Turm in einem ziemlich unerfreulichen Zustand landete, während man hier nur tiefer und tiefer in das Dunkel glitte, friedvoll hin und her gewiegt, bis man von den Fischen verspeist wäre.«

»Eine außergewöhnliche Läuterung«, sagte sie versonnen. »Eine Wiedergeburt im Tode. Haben Sie sich das auch schon einmal gewünscht, Edmund – nicht, daß man noch einmal geboren würde und sein ganzes Leben noch einmal leben könnte, nur eben anders – sondern daß man um die Lebensmitte seine ganzen Anschauungen und seine Lebensweise umstoßen könnte? Ich denke, daß wir beide, Sie und ich, jetzt etwa die Hälfte hinter uns haben – ich bin vierzig, und ich glaube, ich kann achtzig werden.«

»Ich bin fünfzig«, erwiderte ich, »und ich bezweifle sehr, daß ich hundert Jahre alt werde.«

»Das wollen Sie auch wohl kaum. Immerhin, ist Ihnen nicht aufgefallen, wie wenig Menschen gern nochmal zwanzig Jahre alt wären? Wenn man sie fragt, versuchen sie auszuweichen und sagen, ja, wenn sie ihre Erfahrungen behalten könnten. Andere sagen, nein, unter keinen Umständen. Das bringt einen doch auf den Gedanken, daß das Leben im Durchschnitt höchst unerfreulich ist. Was meinen Sie?«

»Ich habe im ganzen ein gutes Leben gehabt. Zuerst mußte ich mich allerdings ziemlich durchbeißen, meine Leute waren sehr arm, und die Dorfschule ist nicht die beste Grundlage für eine Ausbildung. Für mich gab es kein Eton und Oxford.«

Ich wußte, daß der Oberst beides gehabt hatte.

»Aber Sie haben doch Stipendien bekommen, Edmund – bestimmt!«

»Ja, für die Oberschule und dann für eine Universität in der Provinz. Damals, vor dreißig Jahren, war das nicht so einfach, und ich wollte keinesfalls meine Eltern um finanzielle Hilfe bitten. So verdiente ich mir etwas, indem ich Artikel für Provinz-Zeitungen schrieb.«

Was ich Laura nicht verriet, war, daß ich von dieser sauren

Anfangszeit ein Minderwertigkeitsgefühl zurückbehalten hatte und einen unwürdigen Neid, den ich mit aller Macht zu unterdrücken suchte.

»Und dann kamen Sie wohl nach London?«

Ich merkte, wie sie mich behutsam zum Weitersprechen bringen wollte.

»Ja, da bekam ich einen Job als eine Art Mädchen-für-alles bei einem ganz kleinen Redakteur.«

»Und wie ging es dann weiter?«

Allmählich besiegte sie meinen Widerstand.

»Er wurde plötzlich krank, und man ließ mich für ihn einspringen. Das machte mir natürlich sehr viel mehr Spaß«, sagte ich. »Ich erkannte meine Chance und nutzte sie. Es glückte mir, seine Seite etwas zu beleben, was nicht allzu schwer war, und zwar so, daß die Leute an der Spitze ganz verdutzt waren.«

»Und dann?«

»Dann starb er, und ich hatte das Glück, daß man mich für ihn einstellte. Sie sehen also, daß ich mich wirklich nicht beklagen kann. Das Schicksal hat es gut mit mir gemeint.«

»Hm. Zu einem großen Teil schaffen die Menschen sich ihr Schicksal selbst.«

Diese Unterhaltung war kaum besonders intim zu nennen – es war nicht mehr, als ich jedem anderen auch gesagt hätte, der sich die Mühe gemacht hätte, mich zu fragen, und im Grunde hatte ich ihr nichts erzählt, das sie nicht mehr oder weniger schon wußte. Nein – es war der Anblick ihrer Kabine, der diesen Eindruck auf mich machte. Die Archäologen haben den Ausdruck ›Kleinkunst‹ gegenüber den großen Werken der Primitiven in den Höhlenzeichnungen. Laura versteht zwar nicht, feine Messergriffe aus Renntiergeweihen zu schnitzen oder den geschmeidigen Ton einer Schale mit einem Muster zu versehen, aber in ihrer eigenen Kleinkunst hatte sie eine Ausdrucksmöglichkeit gefunden. Es ging mir da etwas auf, an dem ich bisher vorbeigegangen war. Gute Bücher und gute Musik hatten mir immer viel gegeben, aber an den reizenden kleinen Freuden des Lebens war ich blind vorübergegangen, weil ich zu sehr erfüllt war von dem politischen Geschehen, zu leidenschaftlich interessiert an den ewig ungelösten Problemen, zu begierig darauf, den Einfluß, den ich besaß, auszuüben. Aus diesen Gründen hatte ich auch immer die Gesellschaft von Männern bevorzugt und oft geseufzt, wenn ich meinen Smoking anzog, um zu einem Essen zu gehen, bei dem ich zwischen zwei hübschen Frauen sitzen mußte, denn ich wußte, daß sie in ihrem Eifer, sich bei mir einzuschmeicheln, versuchen würden, mich auszuholen, mich zum Fachsimpeln zu bringen, und daß sie dann am nächsten Tag jede meiner Äußerungen, die ich unvorsichtigerweise gemacht hatte, weitergäben – und alle verkehrt. ›Aber nein, Liebling, Edmund Carr hat gestern abend doch gesagt, er wüßte ganz bestimmt...‹

Ich überdachte noch einmal mein Leben mit seinen männlichen Interessen, das mich so ganz in Anspruch genommen hatte, und das zwar fesselnd, doch bar jeder anmutigen Verschönerung gewesen war. Ich dachte an meine unschönen Zimmer, meinen tintenbekleckstep Schreibtisch, meinen abgewetzten Sessel, an die langen Reihen durcheinanderpurzelnder Parlaments-Protokolle, an meine schmutzigen Vorhänge, an den Papierkorb, der nie geleert zu werden schien. Ich sah den einen Kunstdruck, van Goghs Sonnenblumen, wieder vor mir, ein Überbleibsel aus meiner Studentenzeit, der immer schief an seinem Nagel hing. Manchmal begleitete mich ein Kollege nach Haus, dann holte ich Whisky und Sodawasser hervor, und wir saßen und redeten und debattierten, während der Zigarrenrauch das Zimmer langsam einnebelte und draußen der Londoner Nebel die Sterne verdunkelte.

Einige der Frauen, mit denen mich flüchtige Beziehungen verbanden, hatten darauf bestanden, mich zu besuchen, um zu sehen, wo und wie ich lebte, und dann gewöhnlich versucht, es mir ›gemütlicher‹ zu machen. Sie meinten es gut und ahnten nicht, wie sehr mich jede Einmischung reizte, und wie wenig ich es schätzte, bevormundet zu werden.

Nun frage ich mich, welche Verwandlung Laura wohl bewirkt hätte, und ich male mir aus, wie es wohl gewesen wäre, zu ihr abends nach Haus zu kommen – liebevoll begrüßt, zart umsorgt und nie mit Fragen belästigt. Ich weiß, ohne daß sie es mir zu sagen braucht, daß sie meine Freiheit genauso respektiert hätte wie ich ihre. Mit solchen Träumen bringe ich manche Stunde hin, bis ich mir ein so genaues Bild von diesem Leben, überwältigend in seinem Zauber, geschaffen habe, daß es fast ersetzt, was es für mich nie gegeben hat und auf dieser Welt niemals geben kann... Ich muß im stillen lächeln bei der Vorstellung, wie überrascht und verwirrt sie wäre, wenn sie meine Gedanken lesen könnte.

*

Manchmal überkommt mich die Versuchung, ihr die volle Wahrheit zu sagen. Was könnte es schon schaden? Sie wüßte dann, daß ich nichts von ihr verlangen kann, und daß sie in kurzer Zeit von der Gesellschaft eines Menschen befreit würde, die ihr vielleicht lästig geworden wäre. Aber nein: ich will und darf nicht zu einem lebenden Vorwurf für sie werden, nicht einmal für wenige Tage. Sie könnte doch nicht länger auf vertrautem Fuß mit einem Mann stehen, von dem sie wüßte, daß er ein Sterbender ist, einem Mann, der sie noch dazu hoffnungslos liebt. Dieser Versuchung muß ich widerstehen; ich bin entsetzt über meine Schwachheit. Von außen kann mir

keine Hilfe kommen; mein Schweigen hängt ganz von meiner inneren Kraft ab, und zu Zeiten fühle ich, daß sie mich verlassen will.
Ich muß auf sie verzichten, sie zurücklassen – für andere...
Laura hat mich stets freundschaftlich behandelt; in London schien sie immer erfreut, mich zu sehen, und an Bord war ich ihr ständiger Begleiter, bis der unerwünschte Dritte sich störend eindrängte. Aber obwohl er sehr viel um sie herum ist, scheint sie es doch zu begrüßen, wenn ich sie allein antreffe; sie fordert mich auf, mich zu ihr zu setzen und schaut nie verstohlen hinter meinem Rücken nach ihm aus. Es mag allerdings sein, daß sie dazu nur zu gut erzogen ist. Und es ist auch durchaus möglich, daß lediglich meine gesteigerte Empfindsamkeit daran schuld ist, daß ich mir einbilde, ihr Blick sei wärmer geworden, ihre Stimme zärtlicher, und sie ermutige mich, über alles, was mich angeht, mit ihr zu sprechen. Ich bemerke, daß meine Stimmung in ganz ungewohnter Weise wechselt: eine halbe Stunde mit ihr allein, und ich bin nahezu wunschlos; sehe ich sie wieder mit dem Oberst, dann überfällt mich tiefe Mutlosigkeit und hüllt mich wie eine schwarze Wolke ein. Diese wechselnden Launen, deren ich nicht Herr werden kann, und die mich so quälen, sind wie das Meer, das ich immer mehr liebe. Wenn wir an ruhigen, klaren Tagen still dahingleiten und die Spur unseres Schiffes sich wieder schließt, dann scheint es, daß nichts seine sonnige, heitere Ruhe stören könnte. Selbst die großen grünen Wellenberge am Bug sind von eigener plastischer Schönheit und stürzen von ihrer Höhe wieder zusammen zu neuer Ruhe. (Seltsam, daß etwas so Fließendes gleichzeitig so marmorhaft wirken kann.) Kleine Regenbogen schweben über den Schaumköpfen. Lustige Delphine zerteilen spielend die Oberfläche. Wie witzig von Dionysos, daß

er, als einmal Seeräuber ihn bedrängten, den Einfall hatte, sie in Delphine zu verwandeln! Der ganze Ozean lacht nun, und ich lache mit.
Dann gibt es wieder geheimnisvolle Strömungen aus der Tiefe, die das Schiff erschüttern, ohne daß größere Bewegungen an der Oberfläche sichtbar werden. Woher mögen sie kommen, diese verborgenen Pulsadern des Meeres, aus den Tropen oder aus dem ewigen Eis? Ich kann sie mir ebensowenig erklären wie den Aufruhr der Gefühle, die mein Herz erschüttern. Ich lasse nichts davon an die Oberfläche dringen, in der Tiefe aber bin ich mir ihrer furchtbar bewußt. Manchmal, wenn ein Sturm sie aufwühlt, wird die See zornig; dann wandelt sich die blaue Weite in Schwarz und Weiß, das Schiff wird erbarmungslos hin- und hergeworfen, mit ohrenbetäubendem Krach brechen sich die Wellen, der Regen peitscht zischend hernieder und verwischt jede Sicht. Und wieder drängt sich mir der Vergleich auf zwischen den Elementen und der erschreckenden Heftigkeit, die ich in mir entdeckt habe.

*

Während ich dies schreibe, bin ich glücklich. Wir mußten heute so lachen beim Austausch von Äußerungen, die sich Mitreisende geleistet hatten. Ich dachte schon, ich würde den Vogel abschießen mit ›Es tut mir furchtbar leid, Mr. Carr, aber ich muß gestehen, ich liebe solche Extratouren‹, aber Laura fand ihren Beitrag noch schöner: ›Ich mache mir nicht viel aus Venedig – Sie, Mrs. Drysdale? So schmutzig – müßte mal ein bißchen übergestrichen werden.‹ Wir amüsieren uns auch über die Speisekarte, die so komisch übersetzt ist – dies ist ja kein englisches Schiff: ›Dainti Bits‹, ›Curried Palmists‹ – was in aller Welt kann das bloß sein? –, ›Singed Sea-Wolf‹, ›Salmon in Bun‹, ›Tre-trunck cak‹ und ›Lambkin with Rosemarie‹ (was

ganz nach Chaucer klingt, wie Laura meint). Mit solchen Albernheiten beleben wir unsere Tage. Ich glaube, Laura denkt, das tut mir gut; ich bin oft zu ernst und brauche einen Kameraden, der mich aufheitert.
Sie neckt auch gern. Neulich kaufte sie mir ein ulkiges kleines Spielzeug, ein Eselchen, das bei jedem Luftzug und jeder Erschütterung mit dem Kopf wackelt. »Stellen Sie ihn vor sich auf den Schreibtisch«, sagte sie, »er soll Sie daran erinnern, was für ein Esel Sie manchmal sind – was für Esel wir doch alle sind.«
Ich habe ihre Anweisung befolgt, wie ich stets ihrer kleinsten Anordnung nachkommen würde, und eben, während ich schreibe, schüttelt der kleine Esel den Kopf und sagt, dummer, dummer Edmund, was bist du doch für ein Esel.
Wie kann sie mich nur so hänseln? Keine einzige Frau hat es bisher gewagt, sich so unbekümmert über mich lustig zu machen. Die anderen Frauen versuchten immer, mich zu ›verstehen‹, und ich hasse es, ›verstanden‹ zu werden. Laura versteht mich immer ohne Umschweife und ohne daß sie darüber spricht. Es ist mir sehr viel lieber, ein kopfschüttelndes Eselchen geschenkt zu bekommen, als mit Fragen bedrängt zu werden, was für ein Mensch ich eigentlich sei. Im übrigen, wie kann ich wissen, was für ein Mensch ich wirklich bin? Wer weiß das schon? Wer weiß überhaupt mit sich selbst Bescheid?
O Laura, Laura, was für eine vollkommene Freundin und Kameradin bist du mir! Wie selig machst du mich! Wie unglücklich, wie verzweifelt! Meine vollkommene Geliebte, meine vollkommene Frau. Mein versäumtes Glück. Meine Laura, meine Laura. Nein, nicht meine Laura. Niemals meine Laura. Niemals, niemals, niemals...
Und doch, wenn wir lachen und scherzen, kann ich glücklich sein, sogar heiter. Gestern ging ich in solcher

aufgeräumten Stimmung zu Bett, wenigstens ihrer Zuneigung sicher. Alle Bitterkeit war aus meinem Herzen gewichen; das war eine Erleichterung, wie das Nachlassen eines physischen Schmerzes. Gegen zwei Uhr morgens wachte ich auf, nicht durch das Geräusch, sondern durch ein Licht, ein seltsames grünliches stetes Licht, das meine Kabine erfüllte, als wäre ein Scheinwerfer gegen das Bullauge gerichtet. Als ich an das Fenster trat und hinaussah, fand ich den ganzen Himmel hell erleuchtet; das Meer lag strahlend in gläserner Ruhe, am Horizont waren die dunklen Umrisse einer bergigen Insel erkennbar. Es war vollkommen still, bis auf das schwache seidige Rascheln, mit dem unser Schiff das Wasser durchschnitt. Es war mir klar, daß dies ein electric storm war, und ich mußte sofort an Laura denken: ob sie wohl bei geschlossenen Gardinen schlief und dieses seltene und gespenstische Schauspiel etwa verpaßte. Ich war noch immer von jener zuversichtlichen Stimmung erfüllt, das gab mir ein Selbstvertrauen, das mir sonst fehlte.

Der Korridor war hell erleuchtet; auf einem Schiff wird das Licht ja nie abgeschaltet. Gewöhnlich kann man auch gerade eine Gestalt den blitzenden langen Gang hinuntereilen sehen; jetzt aber, als ich mich auf den Weg zu Lauras Kabine machte, lag er ganz verlassen da. Als sie mir, ein wenig überrascht, die Tür öffnete, in einem blauseidenen Morgenrock, den sie fest über ihren Pyjama gebunden hatte, erschien sie mir so liebreizend wie noch nie.

»Ah – Sie sind es«, sagte sie, »ich beobachte gerade das Leuchten. Kommen Sie mit auf meinen Balkon.«

Wir standen eine Weile schweigend an das Geländer gelehnt.

»Das Merkwürdige dabei ist diese Stille«, sagte ich. »Blitze sind doch immer von Donner begleitet, und seien sie noch so weit entfernt. Aber diese Lautlosigkeit...«

»Ja, es ist traumhaft schön.«

»Ich fürchtete, Sie wären vielleicht nicht aufgewacht, deshalb kam ich.«
»Ich freue mich, daß Sie gekommen sind. Nun erleben wir es zusammen.«
Nie war ich näher daran, mich zu verraten. Das Leuchten flackerte und wurde gleich wieder stetig; es war, als wäre der Himmel eine ungeheure Höhle voller Licht, unendlich, wie auch die See unendlich war, denn es gab keinen Horizont mehr, der beides voneinander trennte. Und es schien mir, daß auch die Liebe so war: ein einziges Strahlen, ohne alle Grenzen. So, dachte ich, muß ein mystisches Erlebnis sein. Die Zeit stand still. Nichts galt mehr, als daß sie und ich allein waren, eingetaucht in diesen himmlischen Glanz.
»Laura...«, begann ich.
»Still – nicht sprechen!«
Das war meine Rettung. Ich war im Begriff gewesen, mich zu offenbaren. In diesem Augenblick, geradezu symbolisch, wurde das Licht schwächer und schwächer, und sie wandte sich ab.
»Es ist vorbei.«
»Ja«, sagte ich, »es ist vorbei.«
Wenn ich heute nüchtern daran zurückdenke, spüre ich, welchen Trost jene vollendet schöne Stunde mir gewährt. Ich klammere mich ja an jeden leisesten Freundschaftsbeweis, den sie mir schenkt, aber das hätte ich nie gedacht, daß sie einmal sagen würde ›Nun erleben wir es zusammen‹. Wie sollte ich das anders deuten, als daß sie geneigt, nein, daß sie froh war, etwas mit mir gemeinsam zu haben? Und das wiederum sprach dafür, daß sie mich allmählich etwas liebgewonnen hatte. Gewiß, Zuneigung war nicht alles, wonach es mich verlangte, aber ein Bettler kann es sich nicht leisten, einen Pfennig zu verachten. Wenn ich nur davon überzeugt sein könnte, daß ich ihr wirklich etwas bedeute!

Gebe ich mich einer Täuschung hin, wenn ich glaube, ihr Verhalten mir gegenüber habe sich unmerklich gewandelt? Wünsche sind große Verführer. Alle meine Zweifel überfallen mich von neuem und quälen mich. Wenn ich sie nun nicht allein angetroffen hätte? (Aber sie war doch allein, du Narr!) Wenn sie mir nun, mit erstauntem Gesicht und einigen Dankesworten für meine Mühe, die nur halb geöffnete Tür vor der Nase wieder zugemacht hätte? (Aber das tat sie ja nicht, du Narr, sie ließ dich doch ein!) Und dann sage ich mir, zwei Uhr ist ja spät in der Nacht, und ein Liebhaber hätte sie bis dahin ja schon wieder verlassen können, ohne daß ich etwas davon ahnte. Das führt ja zum Wahnsinn... Ich will lieber daran denken, wie gütig und liebenswürdig sie ist, die Lieblichkeit selbst, abwechselnd fröhlich und ernst, und tapfer – bestimmt ist sie auch tapfer – und großzügig. Ach, wenn sie liebte, wie gut müßte sie sein, wenn man krank oder in Not ist.

Was immer auch geschehen mag, sie darf nichts vermuten.

Der Ägypter gab eine weise Antwort, als er gefragt wurde, was er unter seinem Gewand verberge: »Deshalb ist es ja unter meinem Gewand verborgen, damit du nicht wissen mögest, was es ist.«

Weh dir, mein Herz! O welche Leidenschaft erschüttert
dich!
So war ich nimmer, doch so wurde ich
Und werd' so, fürcht' ich, bis zum Tod verharren,
Daß ich den liebsten, nächsten Freund verfolge
Mit Klagen, unwürdig der Liebe, die ich hege.
So hat der Mohr auch von Venedig sich
Mehr als sein Herz – die Seele ganz zerfetzt
In finstrem Argwohn auf die weiße Unschuld...

Ach nein, es hat keinen Sinn. Warum versuche ich, Liebesgedichte für Laura zu schreiben? Ich kann ja nicht einmal die passenden Reime finden, kann nicht einmal ein Sonett von Shakespeare parodieren. Es hat keinen Sinn. Ich tauge zu nichts mehr. Ich bin am Ende, es ist aus mit mir.

Wenigstens nennt er sie nicht beim Vornamen. Nach außen hin sind sie immer noch Mrs. Drysdale und Oberst Dalrymple; aber vielleicht ist das nur eine Tarnung vor den andern. Schiffsbekanntschaften unserer Generation sind nicht so schnell bereit, sich mit Vornamen anzureden, wenn es auch bei der lässigeren Jugend üblich sein mag. Ich beobachtete sie genau, ob etwa ihre Augen sich in geheimem Einverständnis über einen Spaß treffen, bis jetzt habe ich sie aber noch nicht dabei ertappt. Vielleicht hat sie ihn gewarnt: ›Sei vorsichtig in Gegenwart von Edmund Carr, er ist nicht dumm und könnte etwas vermuten.‹

Ich kann es nicht vergessen und kann es mir nie verzeihen, daß ich mich damals, als ich sie beide aus ihrer Kabine kommen sah, zu jener spitzen Bemerkung hinreißen ließ, mit der ich mich so bloßstellte. Sie hat sie bestimmt nicht überhört – es entgeht ihr ja kaum etwas.

*

Das Ende kann nun nicht mehr fern sein; der Arzt gab mir als äußerstes noch zwei bis vier Monate, und wir sind nun schon fast drei Monate unterwegs. Hinzu kommt, daß ich jetzt zum ersten Mal jene schmerzenden Stiche verspüre, von denen er mir gesagt hat, daß ich sie als mahnendes Anzeichen nehmen müsse. Ich hatte darauf bestanden, daß er mir die volle Wahrheit in allen Einzelheiten sagte. Er versicherte mir, diese Stiche würden mich weder hilflos machen noch mehr als ein augenblickliches Zusam-

menzucken verursachen, sie zeigten jedoch an, daß die Krankheit ein lebenswichtiges Organ erreiche und ich auf das Schlimmste vorbereitet sein müsse. Ach, ich kann das nicht als das Schlimmste ansehen – das Schlimmste war für mich der Augenblick, als mir bewußt wurde, daß ich niemals trachten konnte, Laura zu besitzen, wie ungestüm und hoffnungslos mich auch danach verlangte. Dieser Verzicht und nicht der Verlust des Lebens, war das Schwerste. Ich könnte mir denken, daß sie mit ihrem weichen liebevollen Herzen vielleicht aus Mitleid meinem Drängen nachgegeben haben würde; aber aus Mitleid – das hätte ich nicht gewollt. Nun, da sie sich immer wärmer mir gegenüber zeigt, ist die Entsagung, zu der das Schicksal mich zwingt, noch schwerer zu tragen.
Wie sagte sie doch? Wenn sie so heimgesucht würde – und ich glaube, sie meinte, wenn sie so den sicheren Tod vor Augen hätte –, dann würde sie versuchen, dieses Schicksal ohne Auflehnung hinzunehmen. Und zuweilen tue ich das auch.
Nicht ohne Grund haben die Samurai sich als treffendes Symbol die zarte Kirschblüte erwählt. Wie ein Blütenblatt im morgendlichen Sonnenlicht abfällt und in heiterer Ruhe zur Erde schwebt, so soll der Furchtlose sich vom Leben lösen, still und im Innersten gelassen.

*

Ich hatte eben ein Gespräch mit Laura, das mir sehr zu denken gibt, ich weiß nicht, was ich davon halten soll. Bei jeder anderen Frau würde ich glauben, sie versuche mich zu reizen, aber bei ihr ist so ein Gedanke absurd. Daß ich nicht einen Satz, nicht eine Frage darin finden kann, die nicht ebensogut in unseren früheren Gesprächen hätte vorkommen können, trägt noch zu meiner Verwirrung bei; es ist etwas Ungreifbares, nichts Konkretes, das ich festzuhalten versuche. Vielleicht komme ich der Sache noch am nächsten, wenn ich sage, sie scheint manchmal im Begriff, einen Schritt weiter zu gehen, und zieht sich dann, unschlüssig, wieder zurück. Dieser Unentschlossenheit darf ich jedoch nicht zu viel Bedeutung beimessen; es ist mir ja seit langem zur Genüge bekannt, wie sehr es ihr widerstrebt, vertraulicher zu sprechen. Ob das nun eigene innere Abwehr ist oder Achtung vor der Zurückhaltung anderer, habe ich nie feststellen können. Wahrscheinlich beides. Gleichwohl habe ich nach wie vor das Gefühl, daß da etwas ist, das sie gern von mir erfahren möchte, oder vielleicht auch etwas, das sie mir mitzuteilen wünscht. Bedeutet das vielleicht, daß ich ihr in irgendeiner Weise behilflich sein könnte? Ach, wie gern würde ich ihr mit Rat und Hilfe dienen. Aber sie muß sich beeilen. Mir bleibt nicht mehr viel Zeit.

Ich möchte sie dem Wildvogel vergleichen, den man zu zähmen sucht, aber der Vergleich stimmt nicht: es ist nicht so, daß ich sie zu locken suche – sie geht vielmehr, ohne besonderen Anlaß in abwechselnd enger und weiter werdenden Kreisen um mich herum. Dennoch drängt dieses Bild sich mir immer wieder auf.

Gleichwie die Taube, die das angebot'ne Korn
 verweigert
Und doch der Hand sich nähert, immer mehr,
Ist meine Liebste...

Wie es weitergeht, habe ich vergessen – und, ach, ich habe kein Korn anzubieten.

Sie begann das Gespräch, indem sie mich fragte, ob ich mir darüber klar sei, daß wir schon über die Hälfte unserer Route hinter uns hätten.

»Ja, wirklich, Laura. Ich weiß schon nicht mehr, wo Osten und wo Westen ist.«

»Hat es Ihnen gefallen?«

Ich denke an die elenden Stunden, die ich in Eifersucht verfangen im Kreise herumging, und antworte wahrheitsgemäß:

»Oh, zuweilen habe ich es unendlich genossen.«

»Und was war für Sie das Schönste, wenn Sie so zurückdenken?«

Ihre Antwort kam mir unerwartet – es war die gleiche, die ich ihr gegeben hätte.

»Der Abend, den wir in dem kleinen Haus auf der Insel verlebten.«

Ich muß sie wohl sehr verwundert angesehen haben, denn sie fuhr fort:

»Es war so friedvoll, Edmund, alles so ganz und gar beglückend. Ich wußte kaum mehr, wo ich mich befand, und hatte nur das merkwürdige Gefühl, heimgefunden zu haben.«

Und als hätte sie zuviel gesagt, fügte sie hinzu: »Ja, und dann die Nacht, in der wir das großartige Leuchten von meinem Balkon aus beobachteten; aber das war anders, aufregender und geradezu gefährlich. Wenn ich auch natürlich weiß, daß es in Wirklichkeit nicht gefährlich war.«

Oh, Laura! Wirklich nicht?

»Es ist sehr schmeichelhaft für mich«, sagte ich, so leichthin wie möglich, »daß die beiden Höhepunkte für Sie auf dieser Reise Erlebnisse sind, die Sie mit mir teilten.«

»Und nun kehren wir zurück«, sagte sie, »und nehmen unser Leben dort wieder auf, wo wir es unterbrachen. Sie werden gleich wieder im Brennpunkt des Geschehens sein, und ich werde in meine Wohnung gehen, die inzwischen groß reingemacht worden ist, und alle meine Bücher auf dem falschen Platz oder auf den Kopf gestellt vorfinden. Wir werden uns von Zeit zu Zeit bei Freunden begegnen, und vielleicht werden Sie mich, wenn Sie eine

Stunde erübrigen können, auch manchmal besuchen. Früher haben Sie das nicht oft getan – aber da hatten wir ja auch noch nicht diese Reise zusammen gehabt. Erinnern Sie sich, wie Sie einmal, lange ehe wir losfuhren, bei mir anriefen und fragten, ob Sie zu mir kommen könnten?«

Ich erinnerte mich sehr gut; es war einen Tag nachdem ich die Aussprache mit meinem Arzt gehabt hatte.

»Waren Sie überrascht?« fragte ich.

»Nun, Sie waren vorher noch nie von sich aus zu mir gekommen, immer nur auf Einladung.«

»Und auch das nicht häufig, und dann waren immer andere da. Ich hatte plötzlich den Wunsch, Sie einmal für mich allein zu haben.«

Sie schaute mich ernst an, fragte aber nicht, weshalb.

»Hoffentlich kommt Ihnen dieser Gedanke nun öfter einmal. Aber ich weiß ja, wie beschäftigt Sie sind und werde nicht damit rechnen.«

»Und ich weiß, wie in Anspruch genommen Sie sind – so viele Freunde – eine Dame der Gesellschaft.«

»Das ist unfreundlich, Edmund. Ich glaube, Sie können sehr lieblose Sachen sagen, wenn Ihnen gerade so zumute ist. Bloß weil wir uns auf Gesellschaften kennengelernt haben, denken Sie, mein Leben sei eine einzige Kette von oberflächlichen Vergnügungen. Sie wären erstaunt, wenn Sie wüßten, wieviel Zeit ich ganz allein zubringe.«

»Ich denke mir aber auch, daß Sie in vielen Wohltätigkeitseinrichtungen tätig sind, von denen ich keine Ahnung habe.«

»Ja, ich bin in verschiedenen Ausschüssen.«

Offenbar beabsichtigte sie nicht, näher darauf einzugehen. Ich fragte mich, was für soziale Einrichtungen das wohl sein mochten – für jugendliche Verbrecher? für Gefangene? für Flüchtlinge?

»Ich bin gern allein«, fuhr sie fort. »Finden Sie nicht auch, daß andere Menschen einen viel Kraft kosten, die man unbedingt wieder auffüllen muß? – Wir könnten doch gelegentlich einmal in ein Konzert gehen«, fügte sie einigermaßen inkonsequent hinzu.
»Oder einen Tag auf dem Lande verleben«, erwiderte ich, und mir wurde eiskalt ums Herz bei diesem niemals zu verwirklichenden Plan.
»Das würde ich lieber als alles andere. Wenn wir heimkommen, ist es Frühling. Wir könnten mit dem Wagen nach Kent oder Sussex fahren und durch die Downs wandern, dann in irgendeinem Gasthaus zu Abend essen und spät wieder nach London zurückkehren. Aber hätten Sie denn einmal Zeit dazu?«
»Nichts als der Tod könnte mich daran hindern, solche Einladung anzunehmen.«
Sie lachte.
»Auf so ein Kompliment war ich nicht vorbereitet. Nun gut: ich werde Sie beim Wort nehmen. Es wäre auch wirklich schade, wenn wir unsere Freundschaft wieder zu einer bloßen Bekanntschaft herabsinken lassen wollten, finden Sie nicht auch? Man hat nicht allzu viele Freunde auf dieser Welt.«
»Ich dachte immer, Sie wären mit unzähligen Menschen befreundet.«
»Nur recht oberflächlich. Ich hatte einen Menschen im Leben, mit dem ich eng befreundet war, eine Frau. Aber sie starb vor einigen Jahren, und von da an mochte ich keine Freundschaft mehr schließen.«
Ich schwieg. Jedes Wort der Teilnahme erschien mir zuviel.
»Was ich an Ihnen so schätze, Edmund«, sagte sie, als hätte sie meine Gedanken erraten, »ist Ihr Zartgefühl; Sie gehen nie zu weit. Manchmal denke ich, mit Ihnen könnte ich so offen sprechen wie mit einer Frau. Ich habe

Ihnen vorhin nicht die volle Wahrheit gesagt«, fügte sie hinzu. »Ich sagte, meine Freundin sei gestorben – tatsächlich wurde sie in Frankreich von der Miliz umgebracht.«

»Laura!«

»Ja, von ihren eigenen Landsleuten. Sie hatten zwar Hemmungen, Frauen geradewegs zu erschießen, aber es machte ihnen nichts aus, sie zu foltern. Meine Freundin war nicht sehr robust, und die Folge war, daß sie starb. Mir gelang es zu entkommen. Aber jetzt wünschte ich, ich hätte es nicht versucht. Ich werde das Gefühl nicht los, daß ich sie – und die anderen – verraten habe; dabei weiß ich natürlich, daß es nichts geändert hätte.«

»Sie waren in der Widerstandsbewegung?« wagte ich zu fragen.

»Ja, meine Freundin war Französin, sie hatte ein Gut in der Corrèze, und da hatten wir die Möglichkeit, eine ganze Anzahl flüchtender Engländer zu verstecken, meist abgeschossene Flieger. Nach und nach schafften wir sie über die Pyrenäen. Aber zum Schluß erwischte man uns.«

»Und Sie?«

»Bauern der Widerstandsbewegung versteckten mich.«

Sie schien nicht geneigt, mehr zu sagen, und überließ es mir, die fehlenden Einzelheiten zu ergänzen; aber ich hatte den Eindruck, daß sie sich mit voller Überlegung zu diesen spärlichen Angaben aufgerafft hatte. Vielleicht weil sie wünschte, mir dadurch näherzukommen? Ich hoffte, es wäre so.

*

Heute kam sie noch einmal auf das Thema Einsamkeit zurück.

»Als ich mit Tommy zusammenlebte«, sagte sie, »war ich oft einsam, wenn auch nur selten für mich allein. Wir führten ein vergnügtes, volles Leben, wie die meisten Leute es nennen würden – mir erschien es leer. Ich sagte Ihnen wohl schon, daß ich es liebe, allein zu sein. Es ist nahezu eine physische Notwendigkeit für mich. Aber da ist ein riesengroßer Unterschied zwischen Einsamkeit und Einsamsein. Man ist schwach, Edmund. Ich bin zu der Überzeugung gekommen, daß auch der Stärkste, der Überheblichste, einen Menschen im Leben braucht, vor dem er nichts verheimlicht, weder das Wichtigste noch das Unwichtigste. Jemand, mit dem man am Ende seiner Tage am Feuer sitzen kann und sprechen oder schweigen, wie einem ums Herz ist.«

»Aber wenn man diesen Menschen dann verlöre?«

»Tribut an das Schicksal – ach, ich habe es durchgemacht. Mit der Freundin, von der ich Ihnen erzählte, verband mich solche innige Freundschaft. Und doch – ich weiß nicht –, vielleicht müssen die Beziehungen zwischen zwei Frauen immer unvollständig bleiben, sofern sie nicht lesbische Neigungen haben, die ich nicht teile. Dann soll, wie man mir sagte, die Harmonie nahezu vollkommen sein. Es besteht ja doch eine Art Freimaurerschaft zwischen Frauen – wie zweifellos auch zwischen Männern –, die ein Ausgleich für die natürlichere Leidenschaft und Spannung zwischen den Geschlechtern ist. Und Frauen haben auch so vielerlei kleine Interessen gemeinsam, die einen Mann nur langweilen würden: Kleider, Besorgungen!« sagte sie mit leisem Lächeln.

Wie ich sie liebe, wenn sie plötzlich lächelt, in einem Augenblick noch ernst ist und im nächsten belustigt.

»Aber da ist doch wohl immer ein Haken«, fuhr sie fort. »Ich kannte zwei Frauen, Lesbierinnen, die jahrelang in Harmonie zusammenlebten, friedlicher als die meisten Ehepaare. Die eine der beiden vertraute sich mir an; ich kann nicht sagen, wie es dazu kam, vielleicht nur, weil sie merkte, daß ich Interesse für sie hatte. Und ich hatte Interesse; das war eine Form der Liebe, der ich noch nie begegnet war. Sie machen ein ungläubiges Gesicht, aber ich versichere Ihnen, es war Liebe, tiefe, aufrichtige und in ihrer Weise schöne Liebe.«

»Was war dann der Haken?«

»Eifersucht. Sie sagen, Sie kennen die Bedeutung dieses Wortes nicht. Diese beiden kannten sie, in ihren grausamsten, letzten Möglichkeiten. Besonders die eine, die mich zu ihrer Vertrauten gemacht hatte; sie war die männlichere von beiden. Sehen Sie, wenn ein Mann auf eine Frau eifersüchtig ist, dann trifft er sich mit seinem Rivalen wenigstens auf gleicher Ebene, Mann zu Mann; wenn aber eine Frau auf eine Frau eifersüchtig ist, dann nimmt sie einen unfairen Wettkampf mit dem anderen Geschlecht auf; sie muß immer befürchten, daß das Natürliche zum Schluß siegt. In diesem Falle war Lucie, die andere, weiblichere der beiden Frauen, außerordentlich anziehend für Männer, und wenn ich auch nicht glaube, daß sie es darauf anlegte, so bestand doch immer die Gefahr, daß sie es eines Tages tun könnte. Ich kann Ihnen nicht sagen, welche Folterqualen meine arme Freundin durchmachte. Sie griff jeden winzigen Umstand auf und legte ihn ihrem Argwohn entsprechend aus. Sie haßte sich selbst dafür, denn im Grunde war sie eigentlich eine vornehme Natur; aber das ist ja das Teuflische an der Eifersucht: sie verwandelt den Menschen. Tommy war eifersüchtig auf mich – besitzbetonend –, aber das war einfach und offen und störte mich durchaus nicht; es hatte nicht dieses Ungesunde. Immer wieder versuchte ich, diese unglückliche Frau zu beruhigen, die alles tat, ihrer beider Leben zu ruinieren; doch wenn sie auch die Hände rang und weinend ausrief: ›Ich weiß es! Ich weiß das ja alles!‹, so konnte ich sie doch ebensowenig überzeugen, wie ich diese eisernen Streben überreden könnte, umherzuwandeln. Und das

Schlimmste war, daß die Leute ihr Mißtrauen noch nährten; ob aus Bosheit oder purer Gedankenlosigkeit, habe ich nie herausbekommen können. Sie sagten etwa zu ihr, dieser oder jener Mann schiene großen Gefallen an Lucie gefunden zu haben – ob sie wohl meinte, daß etwas daran sei ... Und dann gab es wieder eine neue schreckliche Szene. Ich dachte wirklich schon, sie würde es schließlich noch soweit treiben, daß Lucie, völlig erschöpft und zermürbt, aus Selbsterhaltungstrieb in die Ehe mit einem ruhigen, gütigen Mann flüchtete, oder daß es womöglich noch zu einem Selbstmord käme – aber der Schluß der Geschichte ist ganz harmlos: soviel ich weiß, werden sie nun in Frieden miteinander älter und steuern ruhigen Gewässern zu.«

»Ein warnendes Beispiel. Was für eine Kraftverschwendung! Und alles so sinnlos.«

»Wenn ich liebte«, sagte Laura streng und sah mich dabei groß an, daß es fast eine Herausforderung war, »wäre ich absolut treu, und ich erwarte die gleiche Treue von meinem Partner. In kleinen Dingen wie in großen – bedingungslos.«

»Und wenn Sie etwas herausfänden ... irgend etwas, das Sie empörte?«

»Dann würde ich meine Sachen packen und gehen.«

Jetzt frage ich mich, was in aller Welt sie veranlaßt, auf einmal so mit mir zu sprechen. Ich halte mir alles noch einmal vor: die Beständigkeit unserer Freundschaft, gewisse Einzelheiten aus ihrer Vergangenheit, ihre Gedanken über Einsamkeit und Eifersucht (einschließlich jener warnenden Anspielung mit der Geschichte der beiden Frauen) und ihre eigenen Ansichten über Treue und Liebe. Wie läßt sich das alles zusammenreimen? Da kann ich doch nur zu einem Schluß kommen ...

Sie schätzt unsere Freundschaft hoch – gut. Sie wünscht, sie aufrechtzuerhalten, wenn wir wieder zu Haus sind und

macht sogar schon Pläne für einen Tagesausflug in die Umgebung, von dem wir erst nach dem Abendessen nach London zurückkehren. Durchaus harmlos. Auch soweit ist alles klar. Sie spricht über den Unterschied zwischen Einsamkeit und Einsamsein, betont, wie sehr wir alle einer vollkommenen menschlichen Beziehung im Leben bedürfen, und läßt damit durchblicken, daß sie diesen Mangel in ihrem Leben schmerzlich empfindet. Dann warnt sie mich vor der zerstörenden Macht der Eifersucht – und da komme ich zu der ersten Hürde. Ich hatte ihr einmal, damals noch wahrheitsgemäß, gesagt, ich wüßte nicht, was Eifersucht sei, eine Bemerkung, die sie nicht vergessen hat. Aber da sie nichts vergißt, muß sie sich auch noch auf die bissige Äußerung besinnen, die mir entfuhr, als ich Dalrymple aus ihrer Kabine herauskommen sah, und die sie damals gleich richtig gedeutet hatte. Und nachdem ich diese Hürde genommen habe, führt mich die Logik geradewegs weiter. Sie versucht, mich darauf vorzubereiten, daß sie Dalrymple einen besonderen Platz in ihrem Leben einzuräumen gedenkt, sei es als Ehemann, sei es als Liebhaber; das kommt auf dasselbe heraus: sie möchte mich nicht völlig aus ihrem Gesichtskreis verlieren, ist jedoch so ehrlich, mich vorher darauf aufmerksam zu machen, daß sie weder Eifersüchteleien dulden wird noch gewillt ist, mir irgendwelche Zugeständnisse zu machen, die die Grenzen einer guten Freundschaft überschreiten. Es scheint mir, daß diese Einschränkungen unvermeidlich sind.
Natürlich muß es nicht unbedingt Dalrymple sein, vielleicht ist es irgendein Unbekannter in England, mit dem sie sich einig weiß. Es wäre nur charakteristisch für ihre Offenheit, daß sie die Situation im voraus zu klären wünschte und nun, da wir uns auf dem Heimweg befinden, scheint es ihr an der Zeit. Was macht es für mich aus, ob es nun Dalrymple ist oder ein anderer? Ich kann mir

nur nicht vorstellen, daß sie in diesem biederen Oberst den Gefährten findet, den sie ersehnt. Laura mit ihrem klaren Blick müßte das doch selbst sehen! Oder macht die Liebe so unberechenbar, daß sie sich Illusionen hingibt? Könnte irgend etwas anderes als Liebe, oder zum mindesten doch eine tiefe Zuneigung, sie bewegen, so viele Stunden in seiner nicht gerade anregenden Gesellschaft zu verbringen? Nein, es muß Liebe sein, es muß Dalrymple sein; er ist ständig um sie herum, und wenn ich vor ihm da bin, wendet er sich mit einem finsteren Blick ab. Ich habe es wohl gesehen. Zweifellos entschädigt sie ihn dann später für seine Enttäuschung. So kann ich mir das Mitleid sparen, das mich bei dem Gedanken daran, daß der arme Teufel vielleicht die gleichen Qualen durchmacht wie ich, überkommen will.

Sie erwähnt ihn mir gegenüber niemals, ein Umstand, den ich äußerst verdächtig finde. Aber was betrachte ich schon nicht als verdächtig in meiner gegenwärtigen kranken Gemütsverfassung?

Warum frage ich sie nicht geradeheraus? Weil ich die Antwort fürchte.

*

Ein quälender Gedanke durchzuckt mich: wenn sie nun einen Rat von mir haben will? Ich glaube nicht etwa, daß es ihre Gewohnheit ist, andere um Rat zu fragen – dazu ist sie viel zu selbständig –, aber sie steht ganz allein, und ich weiß doch, daß sie auf meine Meinung Wert legt. Und ich möchte auch annehmen, daß sie mich liebgewonnen hat, etwa wie einen treuen Hund. Vielleicht denkt sie auch, daß ein Mann sich besser ein Urteil über einen anderen Mann bilden kann; nein, nicht besser vielleicht, da habe ich mich falsch ausgedrückt, nur von einem anderen Standpunkt aus. Und wenn sie auch weiß, daß ich heute meine Gründe habe, dem Oberst zu zürnen, ist es doch möglich, daß sie mir die Ehre erweist, mir trotzdem ein objektives Urteil zuzutrauen. Daher also die vorbereitenden Gespräche über Eifersucht und so fort. Wie werde ich mich verhalten, wenn sie mich fragt? Werde ich es fertigbringen, ihr ruhig und gelassen und nur in ihrem Interesse zu antworten? Werde ich imstande sein zu sagen: ›Er ist ein guter Kerl, durchaus vertrauenswürdig, und solange Sie sich über seine Grenzen klar sind, wäre er noch nicht der schlechteste für Sie‹? Oder würden alle meine Vorsätze in sich zusammenfallen vor rasender Wut und meine ganze verzweifelte, hoffnungslose Liebe hervorbrechen?

Nein, nein, nein! das wäre unausdenkbar. Daß ich einem solchen Gedanken auch nur einen Augenblick Raum geben konnte, zeigt nur, wie weit es mit mir gekommen ist.

Ich fühle mich heute gar nicht gut. Diese unangenehmen, stechenden Schmerzen plagten mich ziemlich häufig, wenn sie an sich auch zu ertragen waren. Aus Furcht, mich durch ein plötzliches Zusammenzucken zu verraten, blieb ich in meiner Kabine; vielleicht auch – soll ich es zugeben? – in der leisen Hoffnung, daß Laura meine Abwesenheit bemerken und sich nach mir erkundigen würde. So sehr sehne ich mich nach jedem kleinsten Zeichen ihrer Zuneigung.

Ein Klopfen an meiner Tür.

»Was ist denn los, Edmund? Sie lassen sich den ganzen Vormittag nicht sehen und kommen nicht einmal zum Lunch... Nun, wenigstens sind Sie nicht krank«, setzte sie hinzu, da sie sah, ich war auf und vollständig angekleidet.

»Ich hatte furchtbare Kopfschmerzen, ich denke, von der Sonne. Jetzt ist es schon wieder besser. Wie lieb von Ihnen, daß Sie sich um mich kümmern.« Und weil ich mich elend fühlte und ein wenig aufgeregt war, fügte ich aus

einem törichten Impuls hinzu: »Sie hätten ja auch den Oberst schicken können, um nach mir zu sehen.«
»Mit dem Oberst haben Sie sich wirklich albern, Edmund, immer kommen Sie mit Spitzen gegen den armen Mann! Sie mochten ihn zuerst doch gern, das haben Sie mir selbst gesagt. Ich hätte nie geglaubt, daß Sie so nachtragend sein könnten. Das ist alles erst seit dem Tag, an dem er mit Ihnen gescholten hat, weil Sie mich auf den Eingeborenen-Markt gehen ließen; das haben Sie ihm nie verziehen. Und er hat sich doch entschuldigt.«
Sie hat mich also immer noch nicht im Verdacht, eifersüchtig zu sein trotz des Zwischenfalles damals vor ihrer Kabinentür. Oder ist es frauliche Klugheit – will sie nur meinen Stolz nicht verletzen? Wenn es so ist, kann ich sie ja irreführen. Frauen wollen es zwar nicht glauben, aber manchmal kann auch ein Mann eine Frau durchschauen.
Sie sah sich in meiner Kabine um, die im Vergleich zu ihrer so kahl war, und ihr Blick fiel auf meinen Morgenrock, der an seinem Haken hin und her pendelte.
»Oh, Ihr Morgenrock hat einen Riß; geben Sie ihn mir mit, ich bringe Ihnen das in Ordnung.«
»Aber nein«, ich wollte sie auf keinen Fall so schnell schon wieder gehen lassen. »Das geht doch nicht, daß man Sie auf dem Korridor mit meinem alten Paisley über dem Arm trifft! Wenn Sie ihn unbedingt nähen wollen, tun Sie es doch hier.«
Im Nu hatte sie ihr Kästchen mit Nähzeug geholt; sie setzte sich auf den Rand meines Bettes und begann zu nähen. Ich sah ihr zu, wie sie die Nadel einfädelte, den Faden mit einer winzigen Schere abschnitt und den Dreiangel musterte, um zu sehen, wie ihm am besten beizukommen sei. Und dann flog die Nadel unter ihren zarten, geschickten Fingern nur so hin und her. Ich dachte daran, wie aufreizend andere Frauen versucht hatten, sich mit meinen

Sachen zu befassen, und wie unfreundlich ich das aufgenommen hatte.
Jetzt war es so ruhevoll; ich fühlte mich gleich besser; der Schmerz war ganz vergessen.
»Was für ein reizendes häusliches Bild«, sagte ich. »Aber Sie haben ja gar kein Ei.«
»Ein Ei?«
»Meine Mutter benutzte immer ein hölzernes Ei zum Sockenstopfen.«
Dabei hörte ich förmlich den Deckel der Kasserolle in Mutters Küche klappern...
»Ach ja – meine Kinderfrau hatte auch eins. Aber störe ich Sie auch wirklich nicht?«
»Ihre Gegenwart tut mir unendlich wohl.«
»Haben Sie mir auch die Wahrheit gesagt, Edmund? War es tatsächlich nichts weiter als Kopfweh von der Sonne?«
Mir war, als betrachtete sie mich sehr prüfend.
»Was sollte es sonst sein? Es war wirklich nichts weiter, ich bin schon wieder ganz beieinander.«
»Sie beschwindeln mich doch nicht?«
O Laura, wenn du ahntest, wie oft ich dich schon belogen habe...
»Ein abscheulicher Gedanke, Sie zu belügen.« Das jedenfalls ist wahr.
»Und Sie würden mir wirklich gern etwas zuliebe tun?«
»Alles würde ich Ihnen zuliebe tun.«
»Dann legen Sie sich den ganzen Nachmittag hin und schlafen Sie sich gesund. Sie sehen nämlich gar nicht gut aus. Hören Sie auf meinen sachkundigen Rat – ich habe Ihnen ja erzählt, daß ich früher einmal Krankenschwester war.«
»Schwester Laura?«
»Sie dürfen mich gern Schwester Laura nennen, wenn Sie wollen, solange Sie tun, was ich sage. Legen Sie sich aufs

Bett, ich werde Sie zudecken. Hier haben Sie auch Ihren Morgenrock wieder; zwar nicht ganz fachgerecht, aber mit Liebe gemacht. Haben Sie Aspirin?«

»Ja, irgendwo ... Ich werde mal nachsehen ...«

Aber sie war schon an meinem Waschtisch und kam mit zwei Tabletten und einem Glas Wasser zurück.

»Hier – nehmen Sie das, und zerkauen Sie die Tabletten, dann wirken sie schneller. Übrigens, Sie haben doch heute noch keine eingenommen? Gar nicht daran gedacht! Dann nehmen Sie diese und schlafen Sie.«

»Laura, ich hoffe, Sie sind sich darüber klar, daß ich jede andere Frau schon längst ermordet hätte?«

Sie deckte mir den Morgenrock über; dann beugte sie sich zu meiner größten Verblüffung zu mir nieder und küßte mich ganz leicht auf die Stirn.

»Schlafen Sie schön.«

Ach, mit Freuden wollte ich für immer einschlafen, wenn ich sie an meiner Seite haben könnte! Auch so schon, da ihr Duft noch meine Kabine erfüllt und mir ihre Gegenwart vorgaukelt. Ich schloß die Augen, um mir besser vorstellen zu können, daß sie noch hier sei ... Aber das Aspirin, das sonst schon gar nicht mehr bei mir wirkt, tat seine Schuldigkeit, und ich schlief ein, schlief und träumte, daß sie mich liebe – näher würde ich dem Unerreichbaren niemals kommen können. Jetzt weiß ich, daß mein Ende sehr nahe sein muß; all die kleinen Symptome, auf die ich achtgeben sollte, treten immer häufiger auf. Nicht lange mehr, und ich muß dieses Tagebuch, Lauras Geschenk, dem Meer überantworten.

*

»Sagen Sie, Edmund, was hat eigentlich den Anstoß zu dieser Reise für Sie gegeben? Sie erwähnten doch einmal, Sie seien vorher nie gereist?«

Den wahren Grund, daß ich meine letzten Wochen in ihrer Nähe verbringen wollte, konnte ich ihr nicht sagen.
»Ich war der Meinung, ich hätte einmal Ferien verdient.«
Sie fuhr beharrlich fort:
»An dem Tage, an dem Sie mich anriefen und mich dann besuchten, kurz vor Beginn der Reise, hatten Sie gar nichts davon erwähnt. Ich meine aber, ich hätte Ihnen doch erzählt, daß ich im Begriff sei, abzureisen.«
Ich wand mich unter diesem gefährlichen Kreuzverhör.
»Ich kann mich nicht entsinnen – das muß ein zufälliges Zusammentreffen gewesen sein –, wahrscheinlich hatte ich mich noch nicht entschlossen. Ach ja, das war's: es war ein ganz plötzlicher Entschluß. Ich war so müde und abgearbeitet und wollte einfach mal raus.«
»Da haben Sie aber Glück gehabt, daß Sie so kurzfristig noch einen Platz bekommen haben.«
»Ja, großes Glück. Jemand hatte seine Karte zurückgegeben.«
Das stimmte nur zum Teil, ich wußte jedoch, daß immer einige Kabinen bis zuletzt freigehalten wurden, und ich nutzte die Beziehungen meiner Zeitung aus: ›Unser Sonderberichterstatter schreibt...‹ und derlei Bestechung.
»Mir ist aber, als hätte ich Ihnen auch den Namen meines Schiffes gesagt?«
»Den muß ich vergessen haben. Wenn ich nun wirklich so galant wäre, wie Sie es im Scherz einmal von mir behaupteten, müßte ich doch so tun, als hätte ich absichtlich das gleiche Schiff genommen.«
»Um mich zu überraschen? Das ist Ihnen allerdings gelungen! Ich traute meinen Augen nicht, als ich Sie in Genua an Bord kommen sah. Zuerst dachte ich, es sei Ihr Double.«

»Dabei fällt mir ein«, sagte ich, um sie nur von diesem Thema abzubringen, »wußten Sie schon, daß Kokosnüsse nur auf einem einzigen Ort in der Welt in Doubletten wachsen, wie siamesische Zwillinge? In einem Tal auf einer der Seychellen-Inseln, von dem General Gordon fest glaubt, daß dort der Garten Eden war.«
»Ich dachte immer, der Garten Eden soll irgendwo in Mesopotamien gewesen sein?«
»Ja. Andererseits wird wieder behauptet, daß durch Erdverschiebungen ein Stück von Asien abgetrennt wurde und auf die Küste von Afrika zutrieb. Tatsache ist jedenfalls, daß eine gewisse asiatische Flora nur noch in Indien und Madagaskar anzutreffen ist und nur dort gedeiht – viele tausend Meilen entfernt. Dieser merkwürdige Umstand ist anders kaum zu erklären.«
Laura überraschte mich manchmal; sie sagte:
»Es gibt auch eine kleine Primel, die nur auf einer der Aleuten wächst.«
»Woher wissen Sie das?«
»Das hat mir Oberst Dalrymple erzählt.«
Es ist wahr, er hat eine nette Art, solche besonderen kleinen Belehrungen anzubringen. Ich vermute, daß auch dies ihn in Lauras Augen so anziehend macht. Zum hundertsten Male wünschte ich, daß ich etwas an diesem Mann auszusetzen fände, den ich hasse.
Es ist nicht allein die Eifersucht, die mich ihn hassen läßt, sondern die verächtlichen Handlungen, zu denen sie mich treibt, und für die ich ungerechterweise ihn verantwortlich mache. Daß ich, gerade ich, mich einmal zum Spion entwickeln würde! Da liege ich wach und lausche auf jedes Geräusch in der Nacht; ich öffne die Tür und warte richtig darauf zu sehen, wie sich eine Gestalt über den Gang zurückschleicht. Das ist zwar nie der Fall gewesen, aber wenn ich dann ins Bett zurückgehe, verwünsche ich dennoch die weichbesohlten, lautlosen Schuhe, die man

an Bord trägt, weil die es ihm ermöglichten, ungezählte Male an meiner Tür vorüberzugehen, ohne daß ich es hören könnte.
Und für die Niedrigkeit meines Verdachtes hasse ich ihn genauso wie ich mich hasse.
Ich denke über jeden kleinsten Umstand noch einmal nach und deute ihn entsprechend meiner heutigen veränderten Gemütsverfassung. Ich hielt ihn für mitfühlend und hilfsbereit, als er meine Besorgnis während Lauras Krankheit teilte? Narr, der ich war! Seine Fürsorge war durchaus nicht so uneigennützig, wie ich dachte. Es war liebenswürdig von ihm, mir vorzuschlagen, ich solle ihr ein paar Zeilen schreiben und mich nach ihrem Befinden erkundigen? Jetzt merke ich, daß er mich nur als Mittler benutzt hat. Er selbst wollte es wissen, und so war es am einfachsten für ihn, es diskret herauszubekommen. Ja, aber weshalb schrieb er dann nicht selber? Zweifellos weil ihr Verhältnis zueinander noch nicht ganz geklärt war, wohingegen ich für sie der zuverlässige, alte Freund war, ein treuer Hund, den Laura hin und wieder zu streicheln geruhte... So gehen meine Gedanken im Kreise.

*

Laura hört nicht auf, mich mit Fragen zu bedrängen, und gerade jetzt bin ich nicht in der Verfassung, dem standzuhalten oder, wie sonst immer, mit einem Scherz abzulenken.
Sie scheint entschlossen, mehr aus mir herauszubekommen – und das entspricht so wenig ihrer sonstigen Art, daß ich unentwegt nach einem Motiv dafür suche. Sie muß etwas Bestimmtes dabei im Sinn haben, das ich nicht ergründen kann. Manchmal denke ich, es ist liebevolle Besorgtheit um meine Gesundheit, denn sie sagt kopfschüttelnd, ich sähe aber gar nicht gut aus; manchmal

wiederum glaube ich, es ist bloß das weibliche Verlangen, über mein Leben zu bestimmen – eine Schwäche, die ich bei ihr am allerwenigsten vermutet hätte.
Ich finde mich nicht zurecht – wie auf dem Meer, das keine Wegweiser hat...
Sie fragt mich nach meiner Kindheit, und in gewisser Weise empfinde ich es wohltuend, über die Vergangenheit zu sprechen, da die Zukunft nur noch so kurz ist. So wenden sich wohl Menschen im Greisenalter fast vergessenen Erlebnissen wieder zu, die ihnen mit einer Lebendigkeit im Gedächtnis haften wie nichts aus ihrem gegenwärtigen Leben. Und was spielt es denn auch schon für eine Rolle, ob heute Mittwoch oder Donnerstag ist, wenn man sich den glühenden Eifer vergegenwärtigen kann, mit dem man einen Schneemann baute und ihm eine Pfeife in den Mund steckte? Die Tür zu unserm kleinen Häuschen daheim war mit einem Riegel versperrt, den man von draußen anheben konnte, indem man an einem Schuhband zog – noch heute höre ich das vertraute Klirren.
»Aber warum wollen Sie das alles wissen, Laura?«
»Ich möchte mir gern ein Bild von Ihrem früheren Leben machen. Als wir uns in London zum ersten Mal begegneten, bewegten Sie sich für mich in einem Vakuum; ich kannte keine der Stufen, über die Sie die Höhe erreicht hatten, auf der Sie standen – Edmund Carr, der geniale, erfolgreiche Edmund Carr, der begehrte liebenswürdige Gesellschafter, mit dem man gern zusammentraf. Versuchen Sie einmal, sich mit den Augen eines anderen zu sehen, wie ich Sie sah.«
»Und wie, glauben Sie, sah ich Sie?«
»Oh, Sie werden in mir eine der Damen gesehen haben, mit denen Sie höflich Konversation machen mußten.«
Will sie jetzt von mir eins der üblichen Komplimente hören?
»Besinnen Sie sich, wie ich Sie einmal einlud, mit mir

nach Kew herauszufahren? Sie konnten nicht ahnen, daß das für mich etwas ganz Ungewöhnliches war.«

»Hatten Sie denn keine Freundinnen? Frauen, mit denen Sie richtig befreundet waren, meine ich.«

»Nicht so befreundet, daß ich den Wunsch verspürt hätte, einen ganzen Nachmittag mit ihnen zu verbringen.«

»Ich fühle mich sehr geschmeichelt, Edmund, wirklich, ich meine das ganz ehrlich. Darf ich eine indiskrete Frage stellen? Waren Sie nie verheiratet?«

»Um Himmels willen nein, Laura – haben Sie denn gedacht, ich sei geschieden oder Witwer?«

»Das überlegte ich gerade, wenn ich auch nicht weiter fragen will.«

»Wahrscheinlich ist mir niemals die Frau begegnet, der zuliebe ich bereit gewesen wäre, meine Unabhängigkeit zu opfern.«

»Wir sind in so vielen Dingen ganz gleicher Ansicht, scheint mir: ich habe Ihnen meine recht unorthodoxen Gedanken über das Heiraten ja gesagt. Aber wenn man älter wird, muß man seine Einstellung ändern und toleranter werden. Wie sieht es im Alter aus? Haben Sie einmal ernsthaft darüber nachgedacht, wie trostlos es eigentlich ist, wenn man dann plötzlich ganz allein steht in der Welt? Niemanden, von dem man umsorgt wird?«

»Dieser Gedanke scheint Sie zu bedrücken. Aber Sie sind doch wahrhaftig zu jung, um jetzt schon daran zu denken!«

»Wenn man zu lange wartet«, sagte sie sinnend, »könnte man eines Tages die Gelegenheit verpaßt haben...«

*

Nun weiß ich es. All meine Befürchtungen sind zu eiskalter Gewißheit geworden. Es steckte eine Absicht hinter allem, was sie sagte, nur daß sie das Gespräch immer wieder vorzeitig abbrach. Sie will mir etwas anvertrauen, bringt es jedoch nicht über sich, das Wesentliche auszusprechen, weil ihre angeborene Zurückhaltung stärker ist als ihr Verlangen, mir ihr brennendes Geheimnis zu offenbaren.

Ich müßte ihr helfen. Ich will ihr helfen – es ist das letzte Opfer, das ich ihr zu Füßen legen kann. Ich bin entschlossen, jetzt nicht zu versagen, nachdem ich so lange durchgehalten habe.

Wir saßen nach dem Dinner allein an Deck; der Oberst spielte zufällig einmal Bridge mit anderen. Ort und Stunde hätten nicht günstiger sein können.

»Laura«, begann ich das Gespräch unumwunden, »wir haben nun über alles Mögliche gesprochen, aber ein Thema haben wir kaum berührt oder jedenfalls nur kurz gestreift: Liebe.«

Sie sah betroffen aus – bei ihr etwas ganz Ungewohntes.

»Ich sagte Ihnen ja, wie ich über die Liebe und ihre ganz selten einmal mögliche Vollkommenheit denke«, erwiderte sie. »Ich dachte nur, daß Sie der Liebe als Lebensfaktor keine besondere Bedeutung beimessen. Männer befassen sich ja wohl für gewöhnlich nicht allzuviel damit, nicht wahr? – sofern sie nicht zufällig gerade selber verliebt sind.«

»Und Sie nahmen als sicher an, daß ich das nicht war und niemals gewesen bin?«

»Nun, ich bin nicht so naiv zu denken, Sie hätten nicht auch Ihre vorübergehenden ›Lieben‹ im Leben gehabt.«

»Wie recht Sie haben. ›Vorübergehend‹ – das ist genau das Wort, das wir Journalisten als treffend dafür bezeichnen würden.«

»Sie haben mir auch erzählt, Sie seien noch keinem Menschen begegnet, dem zuliebe Sie bereit gewesen wären, Ihre Unabhängigkeit zu opfern – wie hätte ich da zu einem anderen Schluß kommen sollen? Ihre Unabhängigkeit mag noch so kostbar sein – wenn man liebt, wägt man nicht ab.«

»Dieses Nicht-Abwägen führt manchmal zu tödlichen Irrtümern.«

»Wenn Sie damit sagen wollen, ich hätte Tommy niemals heiraten dürfen...«

»Ich meine nur, daß man den gleichen Fehler nicht zum zweiten Mal begehen sollte – es sei denn, man ist ein Filmstar mit ausgesprochener Vorliebe für Scheidungen. Nein. Aber man würde ihn ja auch gar nicht begehen, wenn man nicht ganz sicher glaubte, es sei kein Irrtum – wenn man verliebt ist, hat man nicht immer ein klares Urteil.«

»Wenn man aber sehr lange und ernsthaft nachgedacht hat...«

»Sehr lange – wie lange?«

»Oh, sagen wir zwei Monate. Angefangen bei der großen Zuneigung, die sich von Tag zu Tag vertiefte, dabei aber ruhig und platonisch blieb, bis...«

»Ja? Bis?«

»Bis man plötzlich feststellte, daß man anfing, sich umzuschauen nach... nach dem Betreffenden, wenn er nicht da war. Daß man sich nur als halber Mensch fühlte in seiner Abwesenheit und erst ganz da war, wenn er erschien. Daß man nach kleinen Zeichen seiner Sympathie suchte, und ebenso leicht beseligt war wie niedergeschlagen und nervös. Daß man völlig verwirrt war und kaum mehr bis drei zählen konnte – bis man sich auf einmal fragte: Was ist das nur? Was hat das zu bedeuten?«

»Und dann?«

»Dann weiß man es auf einmal, blitzartig. Es gehört Mut dazu, sich der Erkenntnis zu stellen; diese Unterwerfung ist so erschreckend, so unwahrscheinlich. Man glaubte sich so sicher, und da liegt man nun am Boden und sieht einen Löwen über sich. Und alles bekommt auf einmal so ungeheure Bedeutung – wie heißt doch das Rauschgift, das alle Sinne so überempfindlich macht?«

»Meskalin.«

»Ein Teil unseres Ich weiß, daß gar kein Sinn darin liegt – warum erwählt man gerade diesen einen Menschen und nicht irgendeinen anderen? Die Vernunft sagt einem, daß dieser eine weder der Schönste noch der Klügste noch der Beste auf der Welt ist; aber Vernunft ist eine fremde Sprache geworden, die man nicht versteht. Noch keinem Romanschreiber ist es je gelungen zu erklären, was diese merkwürdige, knisternde Spannung erzeugt, wie sie zustande kommt – sie schildern immer nur die Auswirkungen, nicht aber die Ursache. Liebe, Zärtlichkeit, Hingabe kann man verstehen, aber nicht diesen unbegreiflichen Zustand des Verliebtseins; Sie sehen, ich unterscheide da, obwohl ein Gefühl das andere in sich bergen kann, und die Liebe das Verliebtsein wohl überdauert. Man hofft es wenigstens, und manchmal weiß man es sogar. Das ruhige Leuchten erscheint recht anspruchslos im Vergleich zu jener lodernden Glut. Aber darüber nachzudenken bleibt später immer noch Zeit. Im Moment ist alles unwichtig bis auf das eine: ›Parceque c'est lui, parceque c'est moi.‹«

Sie war erregt, eine ungewohnte Beredsamkeit hatte sie erfaßt, die nicht aus ihr selbst zu kommen schien.

»Dann ist das Leben auf einmal wie dieses Schiff – strahlend erleuchtet in dem Dunkel ringsum. Denken Sie nur, wie wunderschön es für die aussehen muß, die es von der Küste aus sehen: die Lichterketten, die von den großen Bogenlampen festlich beleuchteten weißen Seitenwände. Aber nein, der Vergleich ist zu abstrakt – in der Liebe verbinden sich so viele Elemente: da ist wohl der helle Schein, aber da sind auch die kleinen Lichter, die unendliche Zärtlichkeit des Entdeckens so vieler Einzelheiten. Eine Nuance in der Stimme, ein Wenden des Kopfes, eine Geste – alles bis dahin unbeachtet und nun, wie bedeut-

sam! Und das Beobachten von ferne, unbemerkt, während das Herz sagt: ›Ich liebe dich – Liebster!‹«
»Sind Sie auch ganz sicher«, fragte ich, so sanft ich konnte, »daß Sie jetzt nicht Liebe und physische Anziehung vermengen? Das kann sehr irreführen, wenn das eine wie das andere auf einen wirkt. Wie ein Doppelgänger.«
»Glauben Sie nicht, daß man in einem gewissen Alter und mit einigen Erfahrungen so weit sein sollte, da unterscheiden zu können? Ich spreche ja nicht von erster Liebe. Ich spreche von etwas Wunderbarem, das einem als reifem Menschen begegnet, wenn man jeden Gedanken daran als unmöglich beiseitegeschoben hat und recht traurig ist, weil man glaubt, daß Erfüllung nirgends auf der Welt zu finden ist. Man kennt all die flackernden Täuschungen nur zu gut – man ist ja doch von Fleisch und Blut, und es hat in all den Jahren manches gegeben wie Ihre vorübergehenden ›Lieben‹ – o ja, Leidenschaft kann ein sehr überzeugender Betrüger sein. Ich weiß das. Und wenn man auch nur einen Schimmer davon erfahren hat – ganz lächerlich, etwa wenn man dem Blick eines Fremden in der fernen Ecke eines Restaurants begegnete... Wenn man jedoch Zeit hat, alles zu überdenken, und in lichten Augenblicken sogar Zeit genug, den betreffenden Menschen eingehend zu erforschen, ich meine sein Wesen, seine Anlagen, Neigungen usw. – wenn man dann entdeckt, daß er feinfühlend ist, taktvoll und willensstark, dabei aber wählerisch und phantasiebegabt, eine Art poète manqué – sind Sie nicht auch der Meinung, daß man dann sicher, endgültig sicher sein darf?«
Arme Liebste – sie muß wirklich vernarrt sein, wenn sie mit solchen Vorstellungen an den Oberst denken kann.
»Laura«, sagte ich, »seien Sie mir nicht böse, wenn ich mit meiner Frage zu weit gehe – Sie brauchen mir auch nicht darauf zu antworten, wenn Sie nicht wollen: aber sprechen Sie jetzt von sich oder im allgemeinen?«

Sie sagte lange nichts. Ihr Gesicht konnte ich im Schatten kaum erkennen. Sie hatte sich niedergebeugt und nestelte an ihrem Schuh.

»Ich spreche von mir«, erwiderte sie endlich. »Ich habe schon seit einiger Zeit mit Ihnen darüber sprechen wollen, aber, wenn ich davon anfing, haben Sie mich so gar nicht ermutigt.«

»Und was erwarten Sie nun von mir? Meinen Rat?«

Sie wandte mir ihr Antlitz zu; ihre Augen strahlten voller Liebe. Und nicht nur die Augen, ihr ganzes Wesen; so gelöst war sie auf einmal, so weich und nachgiebig – ganz liebevolle Zustimmung.

»Ihren Rat?« wiederholte sie leise. »Nun, ich denke doch, Sie sind mein bester Freund. Was raten Sie mir also?«

Um jeden Preis muß ich sie davor bewahren, daß sie einen nicht wiedergutzumachenden Fehler begeht.

»Sie sind nicht die Frau, die von Konventionen abhängig ist«, sagte ich. »Ihr Auftreten täuscht da. Sie haben mir anvertraut, wie Sie über die Ehe denken, und daß die persönliche Freiheit eine unabdingbare Voraussetzung für Sie ist. Um sie zu erlangen, muß man doch aber die volle Zustimmung des Partners haben. Ich kann nicht glauben, daß Sie die erhalten würden, oder jedenfalls nur alle möglichen Versprechungen, die er im ersten Augenblick blindlings macht – ein Mann, der verliebt ist, wird alles zugestehen, was von ihm verlangt wird – aber wie schnell werden solche Versprechen dann gebrochen. Klären Sie das erst, Laura, ehe Sie sich für immer binden.«

»Sie meinen, ich sollte ihn zum Geliebten nehmen?«

»Wenn es sein muß. Stillen Sie Ihre Leidenschaft«, sagte ich brutal, »und sehen Sie zu, was dann bleibt.«

»Aber ich habe Ihnen doch gesagt, daß ich meiner Sache so sicher war«, wandte sie ein, und ihre Stimme klang auf einmal ganz jämmerlich. Es war mir schrecklich, schuld daran zu sein, daß ihre Begeisterung dahin war.

»Wie kann man sicher sein, wenn man vernarrt ist? Ihre Begriffe von der Ehe – ich sage Ehe, nicht freie Liebe – schließen Kameradschaft ein, Wesensverwandtschaft und den gleichen geistigen Horizont. Etwas, das Dauer hat. Ich frage Sie nun: würden Sie das denn bei Dalrymple finden?«

»Dalrymple?« sagte sie. »Ach, Edmund, Sie Tor, Sie blinder Tor!«

Ich kann nicht denken, ich wage nicht zu denken, daß ... Das ist doch Wahnsinn!

Sie war aufgestanden und gegangen und ließ mich allein zurück in der Nacht auf dem erleuchteten Schiff. Wie soll ich ihr morgen gegenübertreten? Werde ich

*

Am nächsten Morgen nach diesem Gespräch fand man Edmund Carr tot in seiner Kabine. Sein Kopf war vornüber auf den Tisch gesunken; in seinem Tagebuch war noch die Seite aufgeschlagen, auf der er diesen letzten abgebrochenen Satz eingetragen hatte. Der Schiffsarzt hatte auf Grund des ärztlichen Gutachtens, das in Carrs Brieftasche gefunden wurde, keine Bedenken, auf dem Totenschein zu bestätigen, daß er eines natürlichen Todes gestorben sei.

Carr hatte auch eine Notiz hinterlassen, daß er auf See beigesetzt zu werden wünschte. Im Pazifischen Ozean, 25° südlicher Breite, 175° westlicher Länge wurde seine Anweisung getreulich befolgt. Mit einem Kanister brennenden Benzins wurde für eine kleine Weile die Stelle gekennzeichnet, und während das Schiff seinen Weg fortsetzte, sahen alle, die an Bord waren, schweigend zu, wie die Flamme brannte, bis sie erstarb und nichts mehr zu sehen war.

fi 195/4

fi 599 / 1